LE CERCLE DE MEGIDDO

NATHALIE RHEIMS

LE CERCLE DE MEGIDDO

Éditions Léo Scheer

À Myriam et Aaron Scheer.

Premier jour. Lundi. 7 h 30.

Dans le taxi qui l'emmenait vers l'aéroport d'Heathrow, Maya, le regard vague, rêvait. Les embouteillages la tenaient prisonnière. Les teintes bleutées qui baignaient Trafalgar Square annonçaient le lever du soleil. De petites notes venues du fond de son sac la ramenèrent à ce jour qui commençait. Plongeant sa main dans le flot de ses affaires éparses, elle chercha son téléphone. Trop tard. La sonnerie s'était tue. Mais sur le boîtier noir clignotait le signe d'un nouveau message. L'image du professeur Friedmann apparut. Le vieil homme posait devant un mur. Un cercle semblait gravé dans la pierre, mais l'image était grise, imprécise. Maya n'arrivait pas à détailler les étranges signes inscrits à l'intérieur. Le professeur, de la main droite, formait la lettre V. La jeune femme demanda au chauffeur de se garer un instant le long du trottoir. Un message s'afficha : « Joyeux anniversaire. Votre vieux barbon. » Elle sourit, attendrie, émue. Cet homme lui avait tout appris, faisant grandir chaque jour davantage sa passion pour l'archéologie, la découverte des objets, les anciennes civilisations, les tombes secrètes, sujet de son mémoire de fin d'études. Il l'avait recueillie lorsque ses parents avaient tragiquement disparu dans un accident. Et aujourd'hui il lui rappelait ce qu'elle-même avait oublié : le jour de sa naissance. Elle regarda la date sur sa montre. On était bien le 21 septembre. Maya demanda au taxi de redémarrer.

— Huit heures et quart. Pourvu que je ne rate pas l'avion. Vous connaissez un raccourci ?

— À quelle heure est votre vol ? lui demanda-t-il.

— À neuf heures et demie. C'est très important.

Il lui fit un clin d'œil dans le rétroviseur. Elle regarda l'image figée sur l'écran du portable. Le professeur avait-il enfin trouvé ce qu'ensemble ils cherchaient depuis trois longues années ? Le cercle gravé dans le granit, ces inscriptions floues leur offriraient-ils enfin la réponse à leurs questions ? Maya respira profondément. Relevant son visage, elle aperçut un journal posé sur le siège à côté du chauffeur.

— Pouvez-vous me prêter votre journal ?

Sans quitter des yeux la banlieue de Londres qui défilait, il le lui tendit, tout en lui chuchotant :

— Quel est votre signe ?

— Pardon ?

— Oui. Votre signe astrologique. Votre mois de naissance.

— Balance. C'est aujourd'hui mon anniversaire.

— Ah oui. Eh bien vous devriez lire votre horoscope.

Maya sourit et lut. « Balances. Premier décan. Côté cœur, le désert. Pensez à faire plus d'efforts pour séduire. Peut-être une rencontre lors d'un déplacement. Cela dépend de vous. Au travail, prudence. Ne tirez pas de conclusions hâtives. Agissez, croyez en vous. » Le chauffeur guettait ses réactions dans le rétroviseur. Elle croisa son regard. La jeune femme sourit : peut-être s'imaginait-il être la rencontre prédite par l'astrologue.

— Ça ne m'avance pas beaucoup. D'ailleurs il n'y a pas grand-chose qui avance, ce matin, lui dit-elle d'un air malicieux.

Il murmura :

— Aujourd'hui, c'est votre ascendant qui compte.

Maya se prêta à ce drôle de jeu, mais elle était mal à l'aise. Elle lut : « Taureaux. Il vous reste douze jours. » Puis rien, un blanc, la fin de la phrase semblait avoir sauté au marbre.

— C'est bête, dit-elle à voix haute. N'importe

quoi ces horoscopes !

Elle s'en voulait d'être tombée dans ce jeu idiot. « Douze jours... il me reste douze jours... peut-être avant de rencontrer l'amour », pensa-t-elle, souriante, en refermant le journal. Maya s'inquiétait du temps qui avançait sans elle.

— Dépêchez-vous. On va finir, avec tout ça, par rater l'avion.

Il déboîta, emprunta la file rapide, accéléra, et dit entre ses dents :

— Bon. Tant pis. C'est parti.

Dix minutes plus tard le taxi s'arrêtait devant la porte B.

Premier jour. Lundi. 8 h 45.

Elle tendit trente livres au chauffeur. Ils n'avaient plus échangé un mot. Maya prit son sac et le mit sur l'épaule. L'insistance avec laquelle il la regarda descendre la gênait. Elle claqua la portière. L'aéroport était silencieux. Le tableau des départs indiquait que l'avion pour Tel-Aviv était à l'heure. Son passeport à la main, elle passa les interminables contrôles de sécurité. Maya était heureuse de retourner sur le site où le professeur Friedmann travaillait. Elle ne l'avait pas vu depuis deux mois, le temps d'achever et de soutenir son mémoire. Il lui avait manqué, comme vous manque un père, un ami, presque un amour, tant les liens qu'elle avait tissés avec lui étaient particuliers.

9 h 20. Elle traversa le long couloir menant à l'appareil. Une hôtesse lui désigna sa place, à l'avant, près du hublot. Maya sortit de son sac un livre sur la civilisation de Sumer, espérant s'extraire du bruit des réacteurs, du brouhaha des passagers, des allées et venues de l'hôtesse, qui indiquait à un homme la place restée libre à ses côtés. Elle leva les yeux, une légère agitation entourait l'inconnu. Grand, mince, trop élégant, il lui adressa un sourire poli. Deux agents de sécurité avaient pris place derrière leurs sièges. « Ce doit être un type important », se dit-elle. Ce vol l'angoissait. La présence de cet homme ne faisait que renforcer son trouble. Son cœur s'accéléra. Puis ce fut le bruit assourdissant du décollage. Le jeune homme semblait l'observer. Maya avait repris sa lecture, sans réussir à se concentrer. Elle repensait au trajet en taxi, à cet étrange horoscope inachevé, à la prédiction : « Il vous reste douze jours. » Aujourd'hui, tout lui semblait flou, inquiétant, opaque. Était-ce son anniversaire, ou bien l'image du professeur posant

devant ce mur ? Elle était pressée d'atterrir, de rouler enfin sur les longues pistes de terre rouge qui la mèneraient au cœur du site, près de l'homme qu'elle aimait le plus au monde. La douce voix de son voisin rompit le fil de ses pensées.

— Vous avez l'air si loin. Permettez-moi de me présenter. Edward Rothsteen.

Maya tourna la tête et l'inclina.

— Bonjour, je m'appelle Maya. Et maintenant on fait quoi ? lui dit-elle dans un éclat de rire.

L'homme sourit.

— On parle si vous voulez. Je vois que vous lisez un livre sur les Sumériens.

— Oui. Je suis archéologue. Je vais rejoindre un ami au nord de Tel-Aviv, sur un site où nous travaillons depuis trois ans. Il y a deux mois que je ne l'ai pas vu. Aujourd'hui, c'est mon anniversaire. Je suis orpheline. Sans enfant. Sans amoureux. J'ai vingt-six ans, je n'ai fait qu'étudier, je n'ai peur de rien sauf de l'avion. Ça vous va ?

Edward ne l'avait pas quittée des yeux. Il était plongé dans son regard intense aux reflets verts.

— Ça me va, lui répondit-il. Je suis américain. J'ai trente-six ans. Je quitte Londres pour Tel-Aviv. Je suis attaché d'ambassade. Je vais prendre mes nouvelles fonctions dans deux jours, d'où la présence des joyeux drilles derrière nous.

Elle se sentait mieux. Le charme rassurant de son compagnon de voyage lui rendait sa légèreté. L'Airbus avait atteint son altitude et sa vitesse de croisière. Elle lui parla de sa vie, de sa rencontre avec le vieil homme, de la mort de ses parents dans un accident. De sa passion pour les pierres, de son mémoire sur les tombes secrètes. De l'installation de Claude Friedmann et de son équipe dans la vallée de Jezréel. De son intérêt pour les civilisations disparues, de son rapport au passé, à la mémoire enfouie sous la terre, du respect des rituels, du décryptage des signes.

— Je dois vous saouler avec tout ça, lui dit-elle.

— Pas du tout. Au contraire, j'aime les êtres passionnés. J'aurais voulu être violoniste. Mais mon père était diplomate, j'ai suivi le même chemin. Parfois je le regrette, mais bon, c'est comme ça. J'aime mon métier, le contact, les rapports humains, la politique. Régler les conflits.

— Je vous envie, lui répondit-elle. J'ai peur des autres. Les hommes sont souvent cruels. Je suis solitaire, je n'ai pas d'amis. Je vis chez le professeur, il est mon tout. Les fouilles, le ciel, la terre et les livres sont mes guides.

— Vous êtes bien jeune pour ressentir de telles

choses. C'est sans doute pourquoi votre regard ne ressemble à aucun autre.

Tous deux s'étaient tus. Maya ferma les yeux. L'homme la regarda un long moment. Elle dormait à présent. Il se plongea dans ses dossiers. Une hôtesse annonça que la descente commençait. Maya s'éveilla.

— J'ai dormi longtemps ?

— Oui, lui dit-il avec un léger sourire.

Ils échangèrent leurs numéros de téléphone, persuadés l'un et l'autre qu'ils ne s'appelleraient pas.

Premier jour. Lundi. 13 h 00.

L'appareil s'était posé. Maya vit du haut de la passerelle la silhouette d'Edward s'engouffrer dans la limousine noire venue l'attendre sur le tarmac. La vitre teintée se baissa, laissant apparaître le visage du jeune diplomate. Il lui souriait tristement, semblant regretter de ne pouvoir l'accompagner. Maya se dirigea vers les soldats, qui contrôlèrent passeport, visa, lettre de mission. Tout fut vérifié avec minutie.

À la sortie, Pierre Grün, le régisseur de l'expédition, l'accueillit en la serrant longuement dans ses bras comme à son habitude. Elle aimait sa fidélité, son dévouement au professeur, malgré la gêne qu'elle ressentait toujours devant ses effusions excessives. Elle se dégagea d'un mouvement léger et monta dans la jeep.

— Vous nous avez manqué. Il ne faut plus nous laisser ainsi. C'est trop long, lui dit-il.

Le visage de Pierre s'éclaira. Ses traits dessinés, ses rides profondes sous ses lunettes cerclées d'écaille dégageaient l'énergie d'un homme qui ne faisait pas son âge.

— Vous avez l'air en grande forme ! lui dit-elle.

— Oh, moi ça va, mais c'est Claude qui m'inquiète. Je vous préviens tout de suite, il est très amaigri. Voilà trois semaines que nous ne le voyons presque plus. Il passe tout son temps enfermé dans la tombe depuis sa découverte. Il nous interdit à tous de descendre, même à moi, c'est un comble !

— Même à vous ? répéta-t-elle, moqueuse.

— Ma chère, je ne plaisante pas. Toute l'équipe est préoccupée. D'ailleurs personne ne sait ce qu'il est en train de faire. Il est là-dessous jour et nuit. Il ne nous parle plus. Il fume sans cesse. Il ne mange plus, pour son diabète c'est un désastre. Il a laissé pousser sa barbe.

— Pierre, ce n'est pas la première fois que ça lui

arrive. Dès qu'il fait une découverte importante, il est renfermé, irascible, et c'est vous qui prenez. Combien de fois vous ai-je entendu vous alarmer ainsi. Cela fait quarante ans que vous êtes à ses côtés. Tout va rentrer dans l'ordre comme toujours.

— Non. Non. Cette fois-ci c'est différent. J'ai un mauvais pressentiment. Vous seule pouvez lui parler. Il vous écoute. Il faut le convaincre d'être raisonnable. À nos âges, il y a des choses qu'on ne peut plus se permettre.

— Mais regardez, Pierre, vous avez l'air d'un jeune homme.

— Oui mais moi je fais attention.

Le trajet se déroulait comme prévu. Les convois militaires, les barrages, les contrôles, le flot de bavardage de Pierre l'avaient épuisée. Elle apprit tout sur les uns et les autres, leurs petites histoires, ce qu'ils avaient vécu, dans le moindre détail. La nuit commençait à tomber. Ils approchaient du site. Une forte émotion la serra. Elle eut les larmes aux yeux à l'idée d'être enfin de retour. L'équipe les attendait. Chacun l'embrassa en lui souhaitant un bon anniversaire. Pierre la prit de nouveau dans ses bras.

— Je suis en dessous de tout. Avec mes soucis je n'y avais même pas pensé.

Le professeur Friedmann apparut.

— Alors ma très chère, lui dit-il, quel effet ça fait de devenir une grande fille ?

Il la prit par l'épaule et lui murmura à l'oreille :

— Il faut que nous parlions seul à seul, vite.

Il était effectivement amaigri. La barbe soulignait davantage sa fatigue. Son regard était fiévreux.

— Venez sous ma tente pendant que je défais mon sac, lui dit-elle en l'embrassant sur la joue.

Premier jour. Lundi. 18 h 00.

Maya avait à peine eu le temps de poser ses affaires sur le lit que le professeur faisait irruption. Il marchait de long en large, répétant sans cesse : « Incroyable, c'est incroyable. »

La jeune femme s'assit par terre les jambes repliées.

— Mais enfin, Claude, qu'est-ce qui se passe ? Je ne vous ai jamais vu dans un tel état. Dites-moi, qu'y a-t-il de si incroyable ?

— Mon Dieu, mon Dieu, poursuivit le vieil homme, si c'est ça, c'est extraordinaire. L'aboutissement de toute une vie !

Maya se releva, lui prit les mains, essaya d'apaiser son exaltation.

— Calmez-vous. Racontez-moi.

— Maya, je crois que nous avons retrouvé le temple, celui que tous les archéologues cherchent à Béthel depuis des années. C'est fou !

Il se laissa tomber sur le lit.

— C'est fou, répéta-t-elle.

— Ce qui est invraisemblable, c'est cette fresque sur la paroi. Je ne comprends pas ce qu'elle vient faire là. Maya, c'est une fresque chaldéenne. Vous vous rendez compte ?

— Mais c'est impossible, reprit-elle dans un souffle.

— Si, pourtant. Vous n'avez pas regardé l'image que je vous ai envoyée ce matin ? C'est insensé. C'est pour cela que depuis la mise à nu de ce mur j'interdis à l'équipe de descendre. Je veux d'abord comprendre, avoir votre avis. Alors ?

— Alors : rien. L'image était trop petite, trop floue. Racontez-moi. Montrez-moi.

— Écoutez bien. La fresque représente un rituel astrologique, celui des prêtres chaldéens, probablement du VIIe siècle avant J.-C., avec au centre le cercle du zodiaque.

— C'est impossible. Je ne peux pas le croire. L'astrologie. Les signes du zodiaque… C'est une coïncidence, mais ce matin, dans le taxi qui m'emmenait à l'aéroport de Londres, le chauffeur m'a demandé de lire mon horoscope, et sous mon ascendant une phrase incomplète était écrite : « Il vous reste douze jours... » Vous ne trouvez pas ça étrange ?

— Nous venons peut-être de faire une découverte qui va chambouler notre conception des origines du monde occidental, et vous vous amusez à répondre à cette image par un jeu stupide ! Ce message, c'est vous qui me l'avez envoyé, vous le savez très bien.

— Comment ?

Elle sentit des fourmillements dans ses mains, puis une nausée soudaine.

Claude sortit son portable de sa poche et alluma l'écran.

— C'est bien la réponse que vous m'avez envoyée, non ? Je n'ai pas compris le sens de votre phrase. J'ai cru que la communication était mauvaise.

Tremblante, elle saisit le téléphone. Il était bien écrit : « Il vous reste douze jours. » Elle appuya sur la touche, cherchant l'heure et l'origine de l'appel.

— Je n'ai pas envoyé ce message, professeur. D'ailleurs, regardez : il n'y a aucun détail, aucun chiffre. Vous et moi, au même moment, avons été prévenus de la même chose !

Le visage de Pierre apparut dans l'embrasure, rompant leur tête-à-tête.

— Excusez-moi, je ne peux pas frapper. C'était une de ses plaisanteries favorites. L'équipe a organisé un verre en votre honneur.

— On arrive, lui répondit le professeur. Nous descendrons plus tard, murmura-t-il à Maya.

Des torches en bambou, enfoncées dans le sol, éclairaient le petit groupe. Ils portèrent des toasts, firent chacun à son tour un discours. Maya les écoutait, touchée par ces mots. Elle avait appris, au long de ces années d'expédition, à les connaître. Elle recevait leurs confidences, leurs joies mais aussi leurs chagrins. Éloignés des leurs, ils se sentaient plus unis. Mais ce soir, ils paraissaient différents. Savaient-ils quelque chose ? Aucun d'entre eux n'avait pu voir la fresque, puisque Claude en avait interdit l'accès. Personne n'était au courant de cette histoire d'horoscope. Et pourtant tout, dans leurs propos, semblait avoir un double sens. Pierre leva son verre.

— À la vie qui est trop courte ! Au temps qui nous reste ! Aux douze coups de minuit !

Claude l'interrompit brusquement :

— Qu'est-ce que vous voulez dire avec vos délires ?

Il avait prononcé cette phrase dans un mouvement de colère. Tout le monde était mal à l'aise. Le silence vint rejoindre la nuit. Les hommes s'éclipsèrent discrètement. Après être resté un moment sans prononcer un mot, le professeur dit à Maya :

— Attendez-moi à l'entrée de la crypte.

Deuxième jour. Mardi. 00 h 10.

Elle attendit quelques minutes, leva la tête. L'absence totale de lumière laissait apparaître, sur la voûte céleste, des centaines d'étoiles. Elle n'en avait jamais vu autant. Elle pensa aux prêtres chaldéens, à leur fascination pour le ciel, à leur certitude de l'existence d'un destin guidé par les planètes. Maya adorait ces petites lueurs. Debout, immobile, les yeux fixés sur les astres, elle tentait de dessiner du regard les animaux de cette mythologie. Le Bélier lui apparut. La main du professeur sur son épaule la fit sursauter.

— Venez, mon petit, il est temps de descendre.

Il alluma sa lampe-torche. Elle lui emboîta le pas.

— Faites attention, il y a des éboulements. Tenez-vous à moi.

Ils pénétrèrent dans une salle voûtée. Claude

dirigea la lumière vers la fresque, demeurée dans un état de conservation inexplicable. Ils pouvaient parfaitement distinguer sur le mur des prêtres accomplissant un étrange rituel. Une scène représentait les funérailles d'un roi, une autre évoquait la vie de celui que l'on enterrait. Au centre de la partie droite on voyait le monarque en train de lire un parchemin devant une assemblée. En bas à gauche une autre image montrait des oracles en procession derrière un objet cylindrique. La dernière partie de la fresque, en bas, était différente. Elle représentait douze religieux en costumes de cérémonie. Le professeur dirigea le faisceau lumineux en plein milieu du mur. Un bas-relief apparut : c'était un cercle incrusté de petits éclats de mosaïque formant les douze signes du zodiaque.

— Alors, qu'en dites-vous ma petite ? Contente d'être là ?

— C'est invraisemblable ! lui dit-elle. Comment expliquez-vous…

— Je ne l'explique pas, lui répondit-il. Mais il faut taire à tout prix ce que vous venez de voir. Pas un mot, y compris à l'équipe. Nous prendrions le risque d'être envahis par les gêneurs. Il faut d'abord comprendre la nature de cette découverte. Alors, motus.

— Mais pourquoi ? Vous n'avez pas confiance en eux ? Et Pierre ?

— Non. Ni Pierre, ni personne. J'ai un mauvais pressentiment. Quelqu'un est peut-être descendu, a peut-être vu. Comment expliquer autrement ce message sur le téléphone ? Quel est le sens de ces douze jours ?

— Peut-être comme les douze signes de la fresque, lui répondit Maya, un sourire au coin des lèvres.

— Nous verrons demain. Il faut fermer la crypte. Allez dormir. Votre journée a été longue. Moi, je n'ai pratiquement pas fermé l'œil depuis trois jours. Nous reprendrons demain matin. Des éléments nous manquent. Au lit, ma fille. À vingt-six ans, il est temps d'obéir.

— D'accord. Retrouvons-nous à six heures et demie.

Ils remontèrent sans un bruit. Chacun rejoignit sa tente. En pénétrant sous la toile, elle vit Pierre qui l'attendait, éclairé par la lueur d'une bougie. Il la saisit par le bras.

— Alors, vous avez vu ? Qu'est-ce que c'est, Maya ? Dites-moi, qu'est-ce qu'il y a ?

— Pierre, je suis épuisée. Allez vous coucher. Nous parlerons plus tard. Il n'y a aucune raison de s'inquiéter.

— Quoi ? Aucune raison ? Vous avez entendu la façon dont il a réagi à mon discours ? Il est devenu fou !

— Mais non, Pierre, mais non. Ne soyez pas si susceptible. Je vous assure : tout va bien. Une bonne nuit et tout rentrera dans l'ordre. À demain.

— Bon...

Le régisseur sortit à pas lents. Il se retourna.

— Onze jours... Onze jours...

— Comment ? l'interpella-t-elle.

— Rien. Rien. À demain... enfin, à aujourd'hui.

Elle s'allongea, fiévreuse, et sombra dans un sommeil lourd fait de cauchemars. Elle était dans le taxi qui l'emmenait à Heathrow, plongée dans un journal. Elle levait la tête. Le chauffeur la regardait fixement, le visage tourné vers elle, tout en conduisant. Il portait une robe de prêtre chaldéen.

Maya se réveilla trempée de sueur. Elle se redressa, cherchant les allumettes. Ses mains tremblaient. Elle essayait de retrouver son calme. Ses pensées la ramenèrent à la fresque : ces hommes peints au pigment étaient des mages, des devins, persuadés que le sort de l'humanité dépendait des mouvements du ciel, des étoiles. Ce mur, les inscriptions qui le recouvraient devaient avoir une fonction précise. Mais laquelle ? Elle était agitée par toutes ces questions, il fallait réussir à faire le vide.

Deuxième jour. Mardi. 6 h 00.

Un bruit de moteur l'arracha à cette nuit trop brève. Maya sortit sur le terre-plein. Un véhicule venait de s'arrêter sur le site. Elle reconnut le camion qui, chaque semaine, livrait le matériel, les vivres, le courrier, les journaux. Un homme en descendit.

— Heureux de vous revoir, mademoiselle. Vous avez fait bon voyage ? J'ai une lettre pour vous.

Rajan était sri-lankais. Il suivait toutes les expéditions du professeur. Elle l'embrassa, prit l'enveloppe, puis se dirigea vers le réfectoire pour boire un café au lait.

À table, elle ouvrit l'enveloppe, déplia la lettre. Une main enfantine avait tracé au crayon de couleur : « Joyeux anniversaire marraine chérie. » Un dessin au fusain occupait tout l'espace restant. C'était un rond noir avec, autour, de petits symboles au feutre rouge. Une flèche indiquait le signe de la Balance, avec en face le mot TOI. Une autre désignait le Cancer. En dessous, la même écriture formait le mot MOI. L'envoi était signé du nom de Benjamin entouré d'un cœur.

Maya posa la feuille devant elle, sentit le sol vaciller. Elle se retint à la chaise pour ne pas tomber. Il fallait téléphoner tout de suite. Elizabeth. Son numéro. Elle se leva, courut sous la tente, fouilla dans son sac. Son carnet. Vite. Elle courut vers le local technique. L'Australie. Il fallait appeler sa meilleure amie, installée là-bas depuis deux ans. Pourquoi ce signe sur le papier ? Ses doigts tremblaient en composant le numéro.

— Allo. Allo. Elizabeth, tu m'entends ? C'est Maya.

Au bout du fil des sanglots répondirent en écho.

— Elizabeth, qu'y a-t-il ? Parle-moi ! Je suis sur le site de Megiddo, je ne t'entends pas bien.

Entre deux déferlements de larmes, elle entendit la voix étranglée de son amie :

— Maya. Benjamin est mort. Il s'est noyé. Je ne sais pas. On a retrouvé son corps hier matin. Je ne sais pas, répétait son amie, à l'autre bout du monde.

Maya lui parla, mais que dire ? Elle eut l'impression que sa vie la quittait. Elle raccrocha, pleura un long moment, seule, puis sortit en titubant. Ses tempes étaient serrées. Tout son corps lui faisait mal. Elle cherchait le professeur. Elle devait lui parler. Tout de suite. Elle le vit assis au fond du réfectoire en compagnie de Pierre. La jeune femme, tel un automate, avança jusqu'à eux. Pierre leva les yeux.

— Vous êtes très pâle, Maya, qu'avez-vous ?

— Je n'ai pas assez dormi.

Elle regarda le professeur d'un air qui signifiait : je ne peux rien dire. Friedmann demanda à Pierre de les laisser seuls. Il sortit en maugréant. Maya s'assit en face de Claude et fit glisser la lettre sur la toile cirée. Le professeur la saisit.

— C'est de mon filleul Benjamin, le fils d'Elizabeth Kern, qui fut votre élève. Je viens de parler à sa mère au téléphone. Il est mort hier, noyé. Il avait six ans. Il m'avait envoyé ce dessin.

Le professeur restait silencieux. Son regard trahissait un sentiment de peur. Maya ne l'avait jamais vu ainsi. Il lui tendit la feuille de papier et lui dit à voix basse :

— Maya, ce que je pressentais est en train d'arriver. Si nous ne comprenons pas rapidement, nous allons tous y passer.

— Mais quelle est cette menace ? Qu'y a-t-il à comprendre ?

Le professeur se leva, lui fit signe de le suivre, l'entraînant vers la crypte.

— Je sais bien, Maya, c'est complètement irrationnel, mais je ne peux m'empêcher de penser qu'il existe un lien entre notre découverte et ce tragique événement.

— C'est possible. Mais quel rapport entre le message annonçant qu'il nous reste douze jours et la mort de Benjamin ? Un esprit cartésien comme le vôtre ne peut y voir un lien.

— Je commence à me le demander. À qui avons-nous affaire ? Ça, je l'ignore. Mais ce que je voudrais comprendre, c'est le sens de cette mise en scène. Est-ce une coïncidence, ou bien s'agit-il réellement de phénomènes…

— Astrologiques… Dites-le si c'est ce que vous pensez.

— Eh bien, je ne sais plus. Oh, ce n'est pas la peine de me regarder comme ça ! C'est absurde, Maya, mais si la malédiction des jours à venir est réelle, nous sommes entrés dans un sinistre compte à rebours, et chaque prochain jour verra s'accomplir une tragédie.

— Je vous entends, je vous vois… Claude, j'ai peur. Dites-moi sincèrement ce que vous pensez. J'ai besoin de savoir.

Il y eut un long silence. Le professeur se rendait bien compte de l'aberration de ses propos. Il reprit :

— Bon. Maya, je crois comprendre pourquoi Benjamin serait le premier mort de ce cycle. Écoutez-moi comme si je vous parlais pour la première fois.

La jeune femme lui fit un signe de la tête.

— Les Chaldéens sont probablement les inventeurs de l'astrologie. Le ciel, pour eux, était tout-puissant. Ils le divisaient en douze groupes d'étoiles formant les signes du zodiaque, gouvernés par douze dieux. Ceux-ci correspondaient aux sources de lumière d'intensité variable dont ils observaient les déplacements plus ou moins rapides dans le ciel : les plus visibles, le Soleil et la Lune, et des planètes telles que Mercure, Mars, Vénus, Jupiter ou Saturne. Ils les nommèrent Maîtres des jours, auxquels, d'ailleurs, elles ont donné leurs noms : Mardi pour Mars, Mercredi pour Mercure, Jeudi pour Jupiter, Vendredi pour Vénus, Samedi pour Saturne. Les deux principales divinités étaient pour eux le Soleil, Maître du Dimanche, et la Lune, Maîtresse du Lundi.

— D'accord, mais en quoi cela nous aidera-t-il à comprendre pourquoi Benjamin est mort ? lui demanda Maya, fascinée.

— Attendez. Il y a douze signes commençant le 21 de chaque mois et seulement sept planètes correspondant aux jours de la semaine. Seuls les Maîtres dominants ne correspondent qu'à un signe : le Soleil au signe du Lion, la Lune à celui du Cancer. Les autres planètes sont liées chacune à deux signes : Mars est lié au Bélier ou au Scorpion, Mercure aux Gémeaux ou à la Vierge, Jupiter au Verseau ou au Sagittaire. Vénus donne le choix entre le Taureau et la Balance, et Saturne domine le Capricorne ou le Poisson.

Maya regardait fixement le professeur. Il était comme envoûté.

— Donc, si je comprends bien, reprit-elle, le lundi correspond uniquement au Cancer, le signe de Benjamin. Il est le premier mort, celui du premier jour. Or, si l'on suit votre raisonnement, aujourd'hui, mardi, seuls un Bélier ou un Scorpion risquent de subir le même sort.

— Si c'est vrai, nous ne tarderons pas à le savoir.

— De quelle façon ?

— En suivant le sens du cercle. Vous avez remarqué l'ordre dans lequel sont classées les planètes ? Les Chaldéens étaient de fantastiques astronomes. Regardez ce schéma. Ils ont mis d'abord Mercure, Vénus et Mars puis, à l'autre bout, les planètes les plus éloignées, Saturne et Jupiter. D'autre part, ils les ont représentées de manière symétrique autour d'un axe qui divise le cercle magique en deux : d'un côté le jour, éclairé par le Soleil, de l'autre la nuit, sous la lueur de la Lune.

— Qu'est-ce que ça change, professeur ?

— Rien, Maya. Enfin, pour vous et moi, c'est la même chose. Je suis Balance.

— Et moi aussi, reprit-elle, d'une voix blanche.

— Je vois que vous m'avez compris.

Elle s'agenouilla devant la fresque, éclairant de sa torche le groupe de douze personnages représentés en bas à droite.

— Vous avez remarqué : le premier est plus petit que les autres. Est-ce un enfant ?

— Attendons. Ce n'est peut-être qu'une coïncidence.

La voix de Rajan appelant Maya les fit remonter.

— Il y a un fax pour vous.

Ils se dirigèrent vers le local technique. Elle prit la feuille et lut : « Vous devez de toute urgence contacter la police de Londres et demander l'inspecteur Clark. » Maya composa le numéro indiqué. Claude, debout à ses côtés, restait immobile, silencieux.

Une voix se fit entendre à l'autre bout du fil :

— Vous êtes bien Maya Spencer, demeurant 16

South Kensington à Londres ?

— Oui, murmura-t-elle.

— Nous avons trouvé votre carte de visite dans un taxi. Vous devez vous présenter au commissariat central pour une affaire vous concernant.

— Monsieur, c'est impossible, je suis en Israël.

Il y eut un silence.

— Quel est votre numéro de portable ? lui demanda l'inspecteur.

Maya déclina lentement les chiffres.

L'homme reprit :·

— Connaissez-vous Neil Lambden, le chauffeur du taxi dans lequel nous avons retrouvé votre carte ?

— Non, pourquoi ? lui répondit-elle.

— Parce qu'il est mort, mademoiselle. Son corps a été retrouvé ce matin dans sa voiture accidentée au nord de Londres. Alors, pouvez-vous m'expliquer ce que faisait votre carte de visite dans sa voiture ?

— Je suppose que c'est le taxi dans lequel je suis montée hier matin. Il était stationné devant mon immeuble. Il m'a déposé vers neuf heures à Heathrow. Je partais pour Tel-Aviv. C'est en sortant l'argent de mon portefeuille que ma carte a dû tomber.

— Avez-vous parlé avec lui pendant le trajet ?

— Je lui ai juste emprunté son journal.

Maya fixa Claude dans les yeux.

— Ce qui m'a semblé étrange, c'est qu'il m'a demandé de lire mon horoscope.

— Avez-vous remarqué quelque chose de particulier sur cette page ?

— Je ne crois pas.

— Vous en êtes sûre ?

— Laissez-moi réfléchir.

L'homme reprit :

— Un des signes du zodiaque était-il entouré de rouge ?

— Non. Je ne m'en souviens pas. Quel signe ? Le Bélier ? demanda-t-elle.

— Oui, exactement. Comment le savez-vous, si vous ne l'avez pas vu ?

Le professeur, qui avait mis le haut-parleur, lui fit signe de se taire.

— Je ne sais pas. Peut-être m'a-t-il parlé de son signe.

— Oui, ce doit être ça. Il est né un 21 mars. Il était donc Bélier.

— Comment est-ce arrivé ?

— C'est ce que nous cherchons à savoir. Le taxi a heurté quelque chose. Sa ceinture s'est décrochée sous le choc. Le pare-brise a explosé et l'a décapité. Si un détail vous revient, n'hésitez pas à prendre contact avec moi. Je faxe le contenu de votre déposition, merci de me la retourner signée. Nous aurons peut-être à nouveau besoin de vous.

— Bien, répondit Maya dans un état second.

L'homme avait déjà raccroché. Elle resta un moment le combiné à la main. La voix du professeur la ramena à elle :

— Vous voyez, le deuxième mort, celui du deuxième jour, est Bélier. Il s'est éteint dans l'obscurité. Cette fois il n'y a plus de doute possible... La tête...

— La tête ?

— Les Chaldéens avaient attribué à chaque signe une partie du corps, qu'ils avaient découpé en douze segments allant du haut vers le bas, de la tête aux pieds si vous préférez. Le premier, le Bélier, correspond à la face. Le chauffeur a eu la tête tranchée dans l'accident. Le Cancer correspond aux poumons et Benjamin est mort noyé, donc d'une embolie pulmonaire.

Le professeur Friedmann et Maya se sentaient la cible d'un mécanisme implacable. Les jours à venir étaient-ils programmés par une force maléfique ? Chacun d'entre eux verrait-il une nouvelle victime offerte en sacrifice dans ce rituel macabre ? Ils envisageaient toutes les hypothèses leur permettant de comprendre pourquoi la découverte de ce mur provoquait d'aussi tragiques événements. Rien, aujourd'hui, ne venait conforter cette menace, mais deux personnes étaient bien mortes et le temps était compté.

Au long des années passées à travailler ensemble, partageant une même passion, ils avaient appris à se deviner en peu de mots. Claude n'était pas bavard mais Maya savait lire ses silences, interpréter ses regards. Avec lui, elle avait grandi, négligeant tout le reste. Aujourd'hui, le destin les unissait dans un cercle funeste, qui les séparait des autres.

Ils étaient perdus au cœur de ce cyclone. Les dix jours à venir leur semblaient une éternité terrifiante. Ils refusaient ce présage, sachant qu'il fallait rassembler leurs forces, leurs savoirs, tout ce que l'étude des rites, des pierres et des tombes leur avait appris.

Si des êtres humains avaient réussi à mettre en œuvre cette prédiction, ils devaient bien être capables d'en déchiffrer le secret, de chercher sous quel signe étaient nés leurs proches, et d'abord de trouver le lien entre Benjamin et le chauffeur de taxi.

Qu'allait-il se passer demain ? De quelle sinistre nouvelle serait porteur le troisième jour ? Selon le cycle, la menace frapperait le Gémeau ou la Vierge.

Le professeur prit la parole :

— Pierre n'est-il pas Gémeau ?

— Je ne sais pas, lui répondit Maya.

Ses pensées allaient vers le diplomate rencontré dans l'avion.

— Attendez un instant.

Elle sortit de sa poche la carte de visite qu'Edward lui avait donnée. Elle prit son portable et lui envoya un sms : « Sous quelle étoile nous retrouverons-nous ? » Elle signa de son prénom.

Deuxième jour. Mardi. 19 h 30.

La nuit tombait sur Megiddo. Ils n'avaient vu personne depuis des heures, ils décidèrent de retourner au réfectoire. Pierre était assis seul à une table, le regard perdu.

— Je suis content de vous voir enfin. Personne n'ose vous déranger. Je voulais vous parler.

— Qu'y a-t-il ? demanda Claude.

— Il y a que tout le monde est de plus en plus inquiet. Les quatre garçons de l'équipe et moi nous nous sommes dit que l'arrivée de Maya allait vous calmer, que tout rentrerait dans l'ordre. Mais depuis hier, c'est encore pire. Qu'est-ce qu'on fait ici ? On ne sait rien. Vous ne râlez même plus sur la cuisine de Simon. Rajan et Zoltan se tournent les pouces.

Le professeur interrompit ces lamentations :

— Écoutez, Pierre, il va falloir être patient. Nous sommes peut-être sur le point de faire une découverte majeure. Mais cela demande calme, réflexion et méthode. En ce qui concerne l'équipe, qui, d'après vous, se tourne les pouces, ils ne vont pas être déçus. Il me semble que beaucoup de choses n'ont pas été faites ici. Les tablettes ne sont pas nettoyées. Les pinceaux sont remplis de terre. La térébenthine n'a pas été changée. Les poteries, les objets mis au jour ne sont ni classés ni répertoriés. Les sceaux retrouvés dans l'urne funéraire sont éparpillés. Alors, au boulot ! Quand il sera temps de descendre, je vous le dirai. Du nerf !

Pierre avait retrouvé son sourire charmeur. Il aimait voir Claude exercer sa légendaire autorité, cela le rassurait. Il appela les garçons, indiquant à chacun ce qu'il devait faire. Lorsqu'il vint se rasseoir, Maya lui demanda :

— Vous êtes bien du signe des Gémeaux ?

— Oui, pourquoi ? Vous avez lu mon horoscope ? Vais-je enfin trouver la femme de ma vie ?

— Peut-être. Mais surtout, il faut être attentif, vous devez surveiller vos articulations.

Pierre éclata de rire et reprit :

— Alors ça marche ces trucs-là ? C'est extraordinaire ! Cette nuit j'ai été réveillé par de violentes douleurs dans les bras. J'ai cru que le fait d'avoir porté un bloc de granit m'avait déclenché des courbatures. Je me suis massé avec du synthol. Ça va un peu mieux. Mon horoscope dit vrai. Moi qui ne lis jamais ces inepties, j'y regarderai de plus près. Si demain je ne vais pas mieux, notre dévoué Frédéric calmera mes douleurs. Je vous dois combien, madame la voyante ?

— Rien, lui répondit Maya, mais soyez prudent.

Un petit bruit la fit sursauter. Elle prit son téléphone. Il y avait un nouveau sms. Maya espérait des nouvelles d'Edward. Une phrase était écrite : « Vous ne trouverez pas, il reste dix jours. » Aucun numéro ne s'affichait. Elle tendit son portable au professeur.

Troisième jour. Mercredi. 7 h 00.

Maya, les yeux lourds, se dirigea vers le réfectoire. Des images troubles et confuses avaient envahi son sommeil. Elle était revenue sur les lieux de son enfance, dans l'appartement où elle avait grandi, mais sa clef n'ouvrait aucune porte, les serrures avaient été changées. Elle pleurait ses parents trop tôt disparus. Elle aurait voulu se blottir dans les bras de son père, lui dire sa peur, son chagrin. Il lui manquait plus que jamais.

En pénétrant sous l'auvent, elle fut surprise de n'y voir personne. Elle avança vers la cuisine. Il y régnait un silence pesant. Simon était étendu sur le sol. L'équipe, regroupée autour de lui, regardait Frédéric qui lui tenait la tête. Le médecin tourna son visage vers le professeur.

— Trop tard, Claude, il est mort. Ça ressemble à un empoisonnement. Regardez l'écume au coin des lèvres. Il faut appeler l'ambassade et faire analyser cette substance.

Pierre se sentit mal. Maya lui apporta une chaise. Calme, comme à son habitude, Rajan s'occupait de tout. Le professeur entraîna Maya au-dehors.

— Le message se précise, mon petit. Si nous ne trouvons pas, c'est que nous n'avons toujours pas compris. Nous n'avons pas été assez rapides. Pourtant, deux points se vérifient : Simon est né fin août, il est bien du signe de la Vierge. Il est mort empoisonné. La partie du corps atteinte est le ventre. Mais il ne suffit pas de suivre simplement l'ordre du cercle pour deviner qui va disparaître.

Nous pensions à Pierre. Mais il y a les autres. Comment demander à toutes les personnes proches ou lointaines quel est leur signe ? C'est impossible. Il faut réfléchir ensemble, vite.

— Si les prêtres chaldéens ont scellé cette malédiction, c'est qu'ils avaient un but. Pouvons-nous en percer le secret à partir de la fresque ?

— Il faut découvrir le sens de ces dessins, de cette façade.

— À quoi pensez-vous, Claude ?

— Au récit d'Assurbanipal décrivant Suse, ses bosquets secrets, ses tombes royales. Là, il y avait Insusinak, le dieu du mystère, résidant en des lieux cachés. Il était considéré comme le Maître du Royaume des morts. Au cœur de ces tombes, on croyait que des portes menaient à l'Au-delà. Face à elles se récitaient des prières. Je me souviens de la description qu'en a faite une archéologue : la porte d'Insusinak présente de nombreuses similitudes avec la fresque que nous avons mise au jour.

Troisième jour. Mercredi. 11 h 00.

Le corps de Simon, enveloppé d'une couverture, avait été déposé sur un brancard à l'arrière du camion conduit par Rajan. Pierre monta à l'avant. Frédéric s'installa près du défunt. En fermant la portière, Pierre dit au professeur :

— Nous allons à l'hôpital pour l'examen, puis à l'ambassade pour établir les papiers officiels. Nous essaierons d'être de retour ce soir. Je me charge d'appeler la famille. J'espère que vous réussirez à remonter le moral des troupes.

Il cachait mal son chagrin, ses yeux étaient rougis.

— Je m'en occupe, Pierrot, dit le professeur. Tant que nous ne savons pas ce qui s'est passé, ne dites rien à personne.

Le véhicule démarra dans un nuage de poussière. Claude donna ses instructions au reste des hommes. Il demanda à Maya de prendre un panier de fruits, un autre de gibier, et de redescendre avec lui. Elle s'exécuta.

Le mur était là, semblant les attendre, les défier.

— Voilà, dit-il, nous sommes à nouveau devant la fresque, tels les deux adorants de la maquette de bronze que je vous ai montrée au Louvre, qui apportent tous les éléments nécessaires à une cérémonie funéraire. Procédons comme le faisaient ces officiants.

— Mais, Claude, nous n'avons rien pour accomplir ce rituel. Nous n'en connaissons pas les formules.

— Ma jeune amie, laissons parler nos âmes et nos connaissances, si c'est bien à Insusinak que nous avons affaire, il nous entendra. Souvenez-vous du vase d'albâtre, au musée de Bagdad. Les officiants sont représentés par un homme et une femme venant faire des offrandes à leurs divinités. La Genèse en a repris la description : *Le premier dépose les fruits de la terre ; le second : les nouveau-nés de son troupeau.* Vous allez présenter les fruits et moi le gibier. Mettons un genou à terre et offrons-lui nos présents au bout de nos bras tendus.

La torche posée sur une pierre éclairait la fresque, le reste demeurait dans la pénombre. Ils faisaient silence, n'osant se regarder. Maya était partagée entre l'envie de rire et la peur, qui grandissait. Fermant les yeux elle commença une prière, un texte lui revint, enfoui dans sa mémoire :

Ô Maître de la porte des psaumes
Dieu créateur de vie qui réside dans l'Opsu
Je t'offre les graines de la terre
Toi qui diriges le serpent et les eaux jaillissantes
Afin que purifiés, nous puissions toucher l'arbre
Et entrer dans le bosquet
Toi Dieu mystérieux du royaume des morts
Qui dans ces lieux secrets demeures et nous guides.

La jeune femme ne savait pas si cela avait un sens, mais elle espérait que quelque chose arrive, pour les sortir de ce cauchemar.

Un bruit sourd se fit entendre. Le mur se mit à bouger légèrement, laissant apparaître des fissures dans la roche autour de la fresque. Des fragments de terre sèche tombèrent sur le sol. Puis, très lentement, le bloc se mit à pivoter sur son axe central et s'arrêta à mi-chemin. Il y avait maintenant deux espaces vides de part et d'autre du mur, dont on ne voyait plus que la tranche. Une pièce, derrière, était plongée dans l'obscurité.

Ils se relevèrent, éclairant l'épaisseur de la pierre. Une inscription verticale en lettres cunéiformes apparut. Le professeur prit un pinceau pour dégager la poussière. Il commença à déchiffrer les signes alphabétiques à voix basse : B… E… N… Maya eut un frisson.

— Benyamin ! s'exclama-t-elle.

— Oui. C'est bien ce qui est gravé.

Le professeur saisit la torche, passa à gauche de la porte et fit signe à Maya d'entrer par la droite. Il balaya les parois du faisceau de lumière. Les murs étaient nus. Il éclaira le sol, sur lequel reposait une stèle rectangulaire.

— En fait, dit Claude, cela m'a tout l'air d'une

sépulture, mais peut-être s'agit-il d'autre chose.

Il saisit son pinceau, dégageant de la poussière d'autres inscriptions cunéiformes gravées dans la roche.

— Regardez ! reprit-il, c'est un AN. En haut, au centre, figure le nom de la divinité maîtresse du premier mois, du premier jour, le lundi 21 juin, solstice d'été. Son nom est DU-UZU.

Toutes les lettres étaient maintenant lisibles.

— Et que signifient les autres inscriptions ? demanda-t-elle.

— Il s'agit du répertoire des dieux placés sous l'égide de DU-UZU, vous comprenez Maya ? Les noms sont alignés sur deux colonnes parallèles. Regardez, c'est extraordinaire ! La présentation est typique de la littérature et de la pensée mésopota-miennes. Dans la colonne de gauche figurent les noms eux-mêmes, dans celle de droite, leur signifi-cation. Voyez : NIN à gauche... et à droite : « la deuxième épouse d'ANU ».

Le professeur était exalté, tout entier tourné vers sa découverte. Il semblait avoir oublié le reste. Maya était angoissée. Elle éprouvait, devant la capacité de Claude à se couper du monde, englouti dans sa passion, une forme d'abandon. Elle n'aimait pas les superstitions. Pour la jeune femme, l'archéologie était une science exacte. Elle recherchait la vérité, le surnaturel et l'irrationnel lui étaient étrangers.

Il se dégagea une odeur tenace, à la fois âcre et doucereuse. Les siècles de clôture étouffaient l'air. Maya eut du mal à respirer.

— Je ne me sens pas très bien, professeur, je vais remonter un instant.

Il ne l'entendit pas et alluma une autre cigarette. Elle retrouva l'air libre, laissant le vieil homme à sa fièvre. Assise par terre, elle regardait l'horizon. Qu'est-ce que tout cela signifiait ? Ses idées étaient confuses. Les trois morts, ce chauffeur et son horoscope, le zodiaque, ces messages, le prénom sur la porte, tout s'entremêlait. Maya se disait que son esprit avait couru sans elle, la laissant victime des fantasmes du professeur.

C'était sans doute une découverte extraordinaire. Mais quels rapports les événements avaient-ils entre eux ? Elle tentait de faire le vide, de retrouver son calme. La sonnerie de son téléphone résonna discrètement. Elle hésita à répondre.

— Allo. Allo, Maya ?

— Oui.

— C'est Edward Rothsteen. J'ai bien eu votre message. Pardon de ne pas vous avoir rappelée plus tôt. Je n'ai pas bien compris l'allusion à l'étoile. Cela a-t-il un rapport avec vos travaux ?

— Oubliez ça. Comment allez-vous ?

— Beaucoup de travail. Avez-vous lu la presse ? Vous savez, la feuille de route. Maya, vous m'entendez ?

— Oui, bien sûr. Je n'ai le journal qu'une fois par semaine mais j'ai suivi. Vous devez être débordé ?

— C'est vrai, mais j'aimerais vous voir, vous parler de vive voix.

— Ah bon ? C'est l'amour ?

Le jeune homme éclata de rire.

— Non, c'est professionnel. J'ai beaucoup aimé notre conversation dans l'avion. C'était franc, direct, ça m'a changé des hypocrisies habituelles. Avez-vous un mail où je pourrais vous écrire ? Mieux, peut-on se voir ?

— Je devais me rendre demain à Tel-Aviv pour rencontrer Serge Finkelstein, le directeur de l'Institut archéologique, afin d'y consulter des archives. Je vais partir maintenant. Je vous appellerai dès mon arrivée.

— D'accord. Formidable. À ce soir, lui dit Edward en raccrochant.

Maya resta pensive un moment. Elle était surprise de la familiarité qui s'était installée entre eux, elle avait l'impression de le connaître depuis l'enfance. Elle écrivit un mot au professeur pour lui dire qu'elle avançait son départ, confia sa lettre à Zoltan, le seul homme demeuré sur le campement.

La jeune femme monta dans la jeep. Les premiers kilomètres parcourus, elle éprouva une sensation de soulagement, un sentiment de liberté. Elle mit la radio. Sur la route, les barrages se succédaient. La Palestine, ses territoires occupés, défilait sous ses yeux attentifs. Était-il possible que toutes ces horreurs cessent, que la paix revienne ?

Maya songeait aux travaux du professeur Finkelstein. Il avait fait des découvertes fondamentales sur les origines de la Bible. Un livre était paru qui avait fait grand bruit. Des forums, des sites internet s'en faisaient l'écho. Il remettait en cause nombre d'idées reçues sur le peuple d'Israël, sur la Terre promise et Jérusalem. Tout ceci coïncidait curieusement avec les recherches du professeur Friedmann sur les tombes secrètes. Maya sentait qu'elle approchait d'éléments décisifs. Son rendez-vous avec Finkelstein pourrait peut-être dissiper l'obscur.

Elle supposait qu'il avait en sa possession des documents non publiés. Sans doute les preuves lui faisaient défaut, et la peur de révéler des choses qui pouvaient faire scandale le retenait. Financé par l'université de Tel-Aviv, Finkelstein devait craindre de violentes réactions. Comment remettre en cause des croyances millénaires ?

Les chants d'Israël la rendaient plus sereine, mais la fréquence se brouilla. Tournant le bouton, cherchant à retrouver la station de radio, elle entendit une voix sourde prononcer ces mots : « Il vous reste neuf jours. » Puis la musique revint.

Elle s'arrêta sur le bord de la route, éclata en sanglots. La jeune femme se demandait si la folie n'était pas en train de l'étreindre, de la serrer dans un carcan dont elle ne pourrait plus s'échapper. Un homme armé frappa à la vitre, lui faisant signe de démarrer. Elle prit une profonde inspiration, chassa ses idées sombres. Penser à la recherche de la vérité. Y avait-il pour elle un destin à accomplir, un rouage à enclencher dans ce cercle de l'absurde ?

Elle entra dans Tel-Aviv, prit une chambre à l'hôtel Hilton, appela Edward pour lui donner rendez-vous au restaurant.

Troisième jour. Mercredi. 22 h 00.

Maya était déjà attablée lorsque Edward arriva. Il prit place.

— Vous vouliez me voir, lui dit-elle. Eh bien, me voilà.

Le jeune homme lui prit la main et l'embrassa.

— En fait, rien de précis. Je suis intrigué par des messages qui me sont destinés. Les services de l'ambassade pensent qu'ils sont envoyés depuis une école kabbaliste installée près de Megiddo. Comme vous travaillez là-bas, je me demandais si vous étiez en contact avec eux.

— J'en ai entendu parler. Mais je ne les ai pas rencontrés. Je pense que ces gens vivent très repliés. En autarcie. A priori, ils ne fréquentent personne, ce sont des puristes inaccessibles. Mais quelle sorte de messages recevez-vous ?

Il prit son portable et activa les touches.

— Tenez, regardez, voici le dernier.

Elle lut : « Comptez les jours qu'il vous reste. » Elle lâcha le téléphone en murmurant :

— Oh, mon Dieu.

— Vous avez une idée de leur signification ?

Maya hésita. Maintenant tout allait trop vite. Il fallait retenir le temps, ne pas tout dire, aborder le sujet autrement. Elle releva la tête.

— Vous pensez que ces gens veulent intervenir dans le processus de paix ? demanda-t-elle.

— Non. Je ne crois pas. Ce sont des sages qui se

consacrent entièrement à l'étude et à la transmission de leur savoir. Ils ne sont pas hostiles.

— Que savez-vous d'eux ?

— Ils ont créé une sorte d'école supérieure dédiée à l'étude de la kabbale. Il y aurait un principe de sélection très sévère. Beaucoup voudraient y entrer, mais très peu seraient retenus. Une élite intellectuelle, venant des universités du monde entier, suivrait là une formation approfondie durant de nombreuses années. Ils seraient initiés aux savoirs secrets de la kabbale.

— Manifestent-ils une position politique par rapport à la situation actuelle ?

— Non, Maya. Ils se tiennent volontairement à l'écart des enjeux de pouvoir.

— Le problème n'est-il pas précisément qu'ils vivent hors des réalités ?

— Si, mais j'ai pensé que s'ils se sont installés près de Megiddo, c'est peut-être parce qu'ils s'intéressent au terrain archéologique, aux fouilles. Je suis simplement surpris qu'ils n'aient jamais cherché à entrer en contact avec vous.

— À moins qu'ils ne l'aient fait et que je ne le sache pas. Il faut que j'en parle au professeur Friedmann et aux membres de l'équipe.

Pour le reste, Maya préférait se taire.

Son regard fut attiré par une silhouette familière. Pierre venait d'entrer dans la salle à manger du Hilton. Elle eut un mouvement de recul. La jeune femme aurait préféré qu'il ne la vît pas. Trop tard. Il se dirigeait vers leur table.

— Maya ! Je ne pensais pas vous voir ici ce soir. Quelle journée !

Il s'était assis, attendant d'être présenté.

— Edward Rothsteen. Pierre Grün, qui travaille auprès du professeur Friedmann depuis toujours. Edward vient de prendre son poste à l'ambassade des États-Unis, nous nous sommes rencontrés dans l'avion de Londres. Pierre, vous voulez boire quelque chose ?

— Oh, Maya, vous savez, cette journée a été terrible. Je sors de l'hôpital. J'ai assisté à l'autopsie. Nous aurons les résultats bientôt. Vous êtes venue pour ça ? Je m'occupe de tout. Si on devait compter sur Claude…

Elle l'interrompit.

— J'ai rendez-vous demain à l'aube avec Finkelstein.

Puis, se tournant vers Edward :

— Nous avons découvert ce matin le cuisinier de l'équipe mort, étendu sur le sol. Notre médecin pense qu'il s'agit d'une intoxication alimentaire. À propos, Pierre, Frédéric est resté à l'hôpital ?

— Oui. Il a préféré attendre les résultats pour appeler la famille. Moi je n'en pouvais plus. Il faut que je dorme quelques heures. Il me tiendra au courant. Mais je vous ai interrompus en plein tête-à-tête, leur dit-il d'un air malicieux. Je vous laisse.

— Pierre, arrêtez, ne faites pas l'enfant. Restez encore un moment, je vais vous commander le pur malt que vous aimez tant.

— Elle sait comment me prendre, dit-il à Edward. Elle fait de nous ce qu'elle veut. Méfiez-vous, jeune homme.

— Je saurai tenir compte de vos mises en garde, cher monsieur.

— Appelez-moi Pierre et n'en parlons plus.

— Dites-moi, Pierrot, au lieu de dire des bêtises, Edward me posait une question. Avez-vous entendu parler de l'école kabbaliste installée près du site ?

— Bien sûr, Maya, pourquoi ?

— Vous les connaissez ? reprit Edward.

— Les connaître, c'est beaucoup dire. Je les ai rencontrés deux ou trois fois.

— Pouvez-vous nous raconter ? demanda Maya.

— Oh, ce sont des gens très particuliers, vous savez.

— Que vous ont-ils dit ? insista-t-elle.

— Attendez. Laissez-moi me souvenir… En fait ce n'est pas si ancien. Si ma mémoire est bonne, je crois que c'était le lendemain de votre départ, il y a deux mois. Le directeur de l'école est venu sur le site. Le professeur était descendu dégager une statue. C'est moi qui l'ai reçu. Il s'est présenté. Il m'a un peu raconté leur histoire. La communauté s'est installée près de Megiddo en 1939. Leurs anciens connaissaient cette ville cananéenne de la vallée de Jezréel. Elle représentait une position-clef sur la Via Maris reliant la Syrie à l'Égypte. Ils savaient que ce lieu était mentionné dans les annales de Thoutmosis III et que les tablettes de Toanak le décrivaient comme le siège d'une garnison égyptienne. Ils avaient appris par cœur les passages de la Bible évoquant les victoires de Josué et de Débora, les embellissements et la fortification réalisés par Salomon, la défaite de Josias en 609 avant J.-C. Ils savaient tout des fouilles de Schumacher entre 1903 et 1905. C'était fascinant.

— Vous a-t-il raconté comment fonctionnait l'école ? demanda Edward.

— Ça, je l'ai appris plus tard.

— Vous l'avez revu ? poursuivit Maya.

— Pas lui, mais un autre. Cette entrevue m'avait intrigué. Je suis allé à leur école un mois après. Le directeur n'était pas là. Quelqu'un d'autre m'a reçu, qui savait que l'on s'était rencontrés. C'est lui qui m'a expliqué leur fonctionnement. Si j'ai bien compris, il s'agit d'une institution créée bien avant le Zohar, et fondée sur des traditions qui se perdent dans la nuit des temps. Ils sont douze enseignants transmettant leur savoir à douze élèves. Un Maître pour un novice. Chaque supérieur doit choisir celui qui lui correspond selon un protocole auquel je n'ai pas compris grand-chose. En tout cas, ce que j'ai retenu, c'est qu'au terme de cette initiation, chaque élève est appelé à remplacer son Maître à sa mort. La tradition se perpétue ainsi depuis des siècles. À l'ultime moment, le jeune homme reprend le nom du Maître. Mais je vous saoule avec tout ça. À moins que ce ne soit moi qui sois un peu ivre. Pourquoi vous intéressez-vous à eux ?

Edward allait lui répondre, mais Maya l'interrompit :

— Vous savez, Pierre, à l'ambassade des États-Unis, tout les intéresse. Vous devez être épuisé. Nous n'allons pas vous retenir plus longtemps.

Edward regarda Maya, surpris. Il commençait juste à obtenir des réponses à ses questions. Il ne comprenait pas pourquoi elle avait ainsi mis un terme à leur discussion. Pierre se leva, les salua et traversa le hall. La jeune femme reprit avant qu'Edward ne pût parler :

— Je l'adore. Mais qu'est-ce qu'il est bavard !

— C'était pourtant très intéressant. Et...

— Pourquoi ? Ma conversation vous ennuie, Edward ?

— Pardonnez-moi. Je suis un peu obsessionnel en ce moment. C'est terrible, ce qui est arrivé à votre cuisinier.

Maya fit semblant de ne pas entendre.

— Parlez-moi de vous, reprit-elle. Vous n'avez jamais songé à vous marier ?

— Vous avez quelqu'un à me présenter ? Attention, je suis Sagittaire.

— Pourquoi me parlez-vous de votre signe ?

— J'offense la scientifique que vous êtes. Je voulais juste plaisanter.

Un serveur s'était approché de leur table, un manteau sur le bras.

— Mademoiselle, votre portable n'arrête pas de sonner.

— Excusez-moi, dit-elle en s'emparant du vêtement, je l'avais oublié. Sur l'écran clignotait une petite enveloppe. Elle avait cinq nouveaux messages. Elle les écouta. Le professeur d'une voix chaque fois plus nerveuse lui demandait de le rappeler d'urgence.

Quatrième jour. Jeudi. 00 h 05.

Maya regarda sa montre.

— C'est terrible ! Le temps passe si vite. J'ai rendez-vous demain à huit heures, il faut que j'aille dormir.

Elle se leva.

— Cher Edward, merci pour cette soirée. Pardonnez-moi de vous quitter ainsi. J'espère vous revoir bientôt.

Il lui prit la main et l'embrassa.

— C'est moi qui dois demander pardon de vous avoir retenue, mais il était important que je vous parle.

Elle eut un sourire.

— Strictement professionnel.

— C'est vous qui déciderez.

— À bientôt, Edward.

Maya entra dans sa chambre, s'allongea sur le lit, essaya de se détendre. Après quelques minutes elle prit son portable. Un nouveau message. La voix de Claude, encore plus rauque, l'implorait de le rappeler. La jeune femme regarda un moment l'écran éteint, puis composa le numéro du professeur.

— Maya ! C'est vous, Maya ? Qu'est-ce que vous faites ? Je vous ai laissé douze messages.

— Ah bon ? C'est étrange, je n'en ai reçu que six.

— Arrêtez, ce n'est pas le moment de plaisanter. Je suis inquiet. Vous allez bien ?

— Mais oui, Claude. Qu'y a-t-il ?

— Comment ! Il y a… Il y a… Je ne sais plus. Vous partez comme ça, laissant tout en plan. Un petit mot et vous disparaissez. Alors que…

— Alors que quoi, professeur ?

— Bon, je vois qu'on ne peut pas vous parler. Eh bien, bonne nuit.

— Attendez, que sommes-nous en train de faire ?

— Maya, cessez ce jeu stupide. Pourquoi êtes-vous partie si précipitamment ? Et puis, c'est quoi ce rendez-vous avec Finkelstein ?

— Claude, ne soyez pas d'aussi mauvaise foi. Je vous en ai déjà parlé. Je n'avais pas envie de me lever à quatre heures du matin. Ces derniers jours sur le site ont été pour nous tous extrêmement éprouvants. J'avais besoin d'une nuit réparatrice, dans un vrai lit. Pourquoi êtes-vous en colère ?

— Mais non, mon petit, je me faisais du souci, avouez qu'il y a de quoi.

— Claude, je pensais que vous m'appeliez parce que vous aviez découvert autre chose derrière la stèle de Benjamin.

— Alors là, vous êtes extraordinaire ! Ce que nous avons mis au jour, pour vous, ce n'est rien.

— Je ne dis pas ça. Mais avez-vous avancé ?

— Non, des bricoles, rien de significatif.

— Cette découverte du zodiaque est fondamentale, en effet. Il faut à tout prix la protéger, n'en parler à personne, surtout pas à Pierre. Tenez, ce soir, je suis tombée sur lui au Hilton.

— Quoi ? Vous avez croisé Pierre ?

— Oui. Il est passé pendant que je dînais. Il attend les résultats de Simon.

— Ah bon. Et Frédéric n'était pas avec lui ?

— Non, il est resté à l'hôpital pour s'occuper du transfert du corps. Le pauvre, c'est si triste. Il va nous manquer, vous ne pourrez plus râler sur sa cuisine.

Il y eut un long silence. Claude soupira.

— Vous avez raison. Et que faites-vous maintenant ?

— Claude, je vais dormir.

— Et demain, vous avez rendez-vous avec Finkelstein, c'est sûr ?

— Pas demain, tout à l'heure, regardez votre montre.

— Je sais, Maya, nous sommes entrés dans le quatrième jour, enfin, je vous empêche de dormir. Mais pourquoi allez-vous voir ce type ?

— Écoutez, nous n'allons pas reprendre cette

conversation, il est une heure trente du matin, on en a parlé cent fois, je vais le voir pour mes recherches personnelles. Arrêtez de me persécuter avec ça ! Si vous voulez que j'abandonne tout pour me consacrer exclusivement à la gloire du professeur Friedmann, dites-le moi franchement, une bonne fois pour toutes !

— Quel caractère vous avez, Maya ! Je n'ai rien contre lui. Mais méfiez-vous. Il va essayer de savoir des choses. Quant à ses propres publications, vous pensez bien que s'il n'a pas tout révélé, c'est qu'il a de bonnes raisons. Soyez prudente, c'est un vieux singe.

— Et vous un vieux barbon. N'est-ce pas, professeur adoré ?

— Oui c'est ça, ma chère, un vieux barbon qui vous aime.

— Claude, il faut que je dorme maintenant.

— D'accord. Bonne nuit. Appelez-moi demain, après.

— Promis. Je vous embrasse.

Maya raccrocha. La veilleuse de la salle de bain restait allumée. Elle retrouvait son calme. Elle se sentait plus forte. Loin des peurs de ces derniers jours. Tout cela lui semblait étrange. Les messages, les complots, le compte à rebours s'éloignaient.

Ces fantasmes de savants n'allaient pas lui servir de sépulture. Pour elle, ce n'était qu'une suite de coïncidences.

Sa vie était ainsi. Elle avait choisi de la consacrer à découvrir des choses qui n'intéressaient plus grand monde. Qui, aujourd'hui, était encore concerné par la civilisation mésopotamienne ? Ce que Friedmann considérait comme si important ferait l'objet d'une simple communication dans la *Revue d'assyriologie*, lue par une poignée de spécialistes, lesquels discuteraient à l'infini pendant que le public n'en entendrait jamais parler. Qu'est-ce que cela changerait à l'avenir de la planète ? Edward traitait, lui, des problèmes réels, mettant en jeu le destin des hommes. Elle pensa à Benjamin qui ne verrait rien de tout cela. Elle avait froid. Elle remonta la couverture. Peu importe, c'était toute sa vie. Enfant, elle enfouissait des objets dans le sable pour pouvoir les redécouvrir des jours après. Elle passait en revue les questions qu'elle poserait à Finkelstein. Elle imaginait sa photo en couverture du *Times* : « Maya Spencer. La révélation. » Quelques minutes après, le sommeil l'engloutit.

Quatrième jour. Jeudi. 7 h 50.

Maya était assise dans un couloir de l'université de Tel-Aviv. Sur une porte était inscrit : Pr. Serge Finkelstein. Elle ne connaissait son visage qu'à travers une photo en quatrième de couverture d'un de ses livres de chevet, *Les Origines de la Bible*. D'après le mail qu'elle avait reçu, il se réjouissait de leur rencontre. Il lui disait avoir lu avec attention les deux articles qu'elle avait publiés. Le bâtiment était désert. Pas un bruit ne venait troubler son attente. Des pas sourds se firent entendre au loin. Maya tourna la tête. Il était huit heures précises. Un petit homme rond avançait doucement, le visage baissé.

Maya se leva. Il s'arrêta devant elle, la fixa. Elle fut saisie par l'expression de son regard vert, qui semblait la transpercer. Son visage, comme une lune aux pommettes saillantes, au sourire ironique, était immuable. Il était à la fois laid et beau, étrange, troublant. Son crâne était dégarni. Son air de troll la fit fondre. Elle eut soudain envie de lui caresser la tête.

— Vous êtes Maya Spencer, n'est-ce pas ? Je suis désolé de vous recevoir si tôt, mais vous savez, après, c'est l'enfer. Nous n'aurions pas eu le temps de parler tranquillement.

Le professeur Finkelstein sortit une clef de sa poche, ouvrit le bureau et l'invita à entrer. Il dégagea quelques papiers épars, lui indiqua un fauteuil. S'asseyant en face d'elle, il poursuivit :

— Je ne vous imaginais pas si jeune. À lire vos articles, je vous voyais autrement. Et puis…

— Quelque chose vous dérange, professeur ?

— Pas du tout. Au contraire. Mais comment une fille aussi ravissante, avec ces longs cheveux blonds, cette allure, ce visage d'ange, peut-elle aller s'enterrer dans l'obscurité des vieilles tombes ? Vous devriez être dans la lumière, je ne sais pas moi, faire du cinéma.

— Dois-je comprendre, monsieur, que vous considérez que je fais fausse route ? Et que le mot que vous m'avez envoyé sur mes travaux était de pure forme ?

— Mais non, ne le prenez pas mal. Je faisais l'éloge de votre grâce. Pardonnez-moi si j'ai été maladroit.

— Oui. Et alors ?

— Alors, il me semble que vous êtes bien partie. Excusez ma brutalité. Vous travaillez avec Friedmann. Si j'ai bien compris, il est un peu votre père de substitution. Qu'attendez-vous de moi ?

— J'espère que ma démarche ne vous heurte

pas. C'est vrai, je travaille avec Claude. Je lui suis infiniment attachée, je l'admire. En même temps, mes travaux et la quête de la vérité sont aussi essentiels pour moi que les liens du cœur. Je connais vos recherches, vos écrits. Si je veux avancer, je ne pourrai le faire sans votre aide.

Il l'écoutait, perplexe.

— À quoi pensez-vous ?

— Il y a dans vos conclusions sur les origines de la Bible des hypothèses qui, même si elles sont abordées avec prudence, me donnent à penser que vous ne révélez pas tout de vos découvertes, que vous ne livrez pas tout au lecteur. Peut-être par scrupule, ou par précaution. Mais je crois lire entre les lignes, et vos silences me font réfléchir.

Le vieil homme ne l'avait pas quittée des yeux, sans un clignement de paupière, sans manifester la moindre réaction. Le ton de sa voix était différent.

— Et sur quoi portent vos travaux actuels ?

— Sur les tombes royales secrètes.

Il s'était brusquement levé, marchant de long en large. Sa silhouette semblait avoir dépassé les ans.

— Je vois, dit-il. Mais vous perdez votre temps. Sur le site de Megiddo, il n'y a pas de tombe.

— J'y travaille parce que le professeur Friedmann a découvert, comme vous le savez, un certain nombre d'objets rituels.

— Je vois. Je vois, répétait-il en se caressant le menton. Je reprends donc ma question : qu'attendez-vous de moi ?

— Professeur, vous êtes le chat Saïte et moi une petite souris.

Il éclata de rire et son visage s'emplit de lumière.

— Je préférerais être le dieu Râ.

Elle se leva à son tour et s'approcha.

— Professeur, acceptez-vous de me parler de Josias ?

— Il est mort à Megiddo. C'est ça qui vous intéresse, n'est-ce pas ?

— Oui.

— Mais qu'espérez-vous trouver ? Il n'est pas enterré là, il a été tué par les Égyptiens et laissé sans sépulture. Personne n'a jamais retrouvé son corps.

— En est-on si sûr ?

— Vous voyez, ma jeune amie, l'histoire de Josias est bien étrange. Lorsqu'il retrouve la Bible au cours des travaux de restauration du Temple de Jérusalem... Vous pensez. Il n'avait que dix-huit ans.

— Il était bien entouré, n'est-ce pas ?

— Ah, que j'aime la fougue de la jeunesse ! Je voudrais moi aussi être au commencement de cette histoire, et m'y prendre autrement.

— Que voulez-vous dire, professeur ?

— Je veux dire, ma belle, que ce vieux sacripant de Friedmann a bien de la chance de vous avoir à ses côtés.

— S'il vous plaît, ne mélangez pas tout. Dites-moi simplement si vous pensez que je suis sur la bonne voie.

— C'est extraordinaire, vous voudriez que je vous réponde comme ça ! Venez travailler avec moi.

— Professeur, je ne plaisante pas. Je veux juste en savoir plus sur Josias et les origines de la Bible. L'a-t-il réellement découverte ?

— Maya, formulez plus précisément votre hypothèse.

— Eh bien voilà, je pense que Josias n'a pas retrouvé la Bible, mais qu'il l'a commandée à des scribes pour justifier sa politique de conquêtes, et que la preuve existe quelque part.

Finkelstein avait blêmi.

— Vous rendez-vous compte de ce que vous dites ? En avez-vous déjà parlé avec Friedmann ?

— Non. Jamais.

— Ça, c'est bien, murmura-t-il.

— Vous êtes rassuré : ça prouve que mon raisonnement n'est pas absurde.

— Ce n'est pas ce que je dis. Mais je pense qu'il

vaut mieux arrêter d'y penser et n'en parler à personne, vous passeriez pour une démente.

— D'accord, pourtant je suis certaine que vous êtes de mon avis.

— Ma petite, ce n'est pas moi qui dirige vos recherches.

— Professeur, montrez-moi ce que vous avez trouvé.

— Alors ça au moins, c'est direct.

Il la regardait d'un air attendri. Passant sa main sur son front, il se pencha sur le bureau. Il sortit une seconde clef, ouvrit un tiroir, en retira un objet soigneusement enveloppé d'un tissu de velours. Il murmura, en dépliant l'étoffe avec précaution :

— Je suis fou.

Il lui tendit un fragment d'argile.

— Voilà. Vous êtes la première à qui je le montre.

Il s'agissait d'un morceau de terre séchée gravé d'inscriptions en hébreu. Maya le déchiffrait avec difficulté. Au début était écrit : « Moi, Josias, Roi d'Israël, m'engage à verser au scribe Igraf soixante-dix sicles d'or, en contrepartie de… » La phrase était interrompue, l'argile s'était brisée à cet endroit. Elle écarquillait les yeux. Avait-elle entre les mains l'aboutissement de tous ses rêves ? Un petit fragment de terre éclairait son existence.

Noyée par l'émotion, elle sentit les larmes prêtes à jaillir. Mais la jeune femme tenta de n'en rien montrer. Elle dit au professeur :

— C'est le contrat du siècle.

— Un fameux best-seller, renchérit-il.

— Vous pensez vraiment que c'est...

— Ça y ressemble fort. Mais pour le révéler, il faudrait trouver le reste. Est-ce qu'il existe ? A-t-il été détruit ?

Il régnait tant de bruit au-dehors que le professeur Finkelstein se leva pour la raccompagner. Des centaines d'étudiants avaient envahi l'université. Des chercheurs attendaient d'être reçus.

— Pourquoi ce privilège ? lui dit-elle en lui prenant les mains.

À son tour, il les lui serra.

— Je vous trouve étrangement émouvante. Ma chère Maya, je crois que vous êtes sur le bon chemin.

Il s'en retourna à petits pas.

Quatrième jour. Jeudi. 10 h 00.

Sur la route de Megiddo, Maya se sentait prête à tout affronter. Son entrevue avec Finkelstein l'avait régénérée. Elle sortait de ce face à face plus sûre que jamais d'être en accord avec ses passions, ses convictions profondes. Les obsessions de Friedmann, son emprise sur elle s'atténuaient. Les superstitions, les peurs enfantines disparaissaient au fur et à mesure des kilomètres parcourus. Tout n'était sans doute que le fruit du hasard : la noyade d'un enfant, un chauffeur de taxi tué dans un accident, un cuisinier victime d'une intoxication. Les messages étaient probablement des réclames comme on en recevait des milliers. Elle souriait en pensant à une campagne publicitaire : « Il vous reste trois jours... pour profiter de fabuleuses remises dans nos magasins. »

Comment avait-elle pu perdre pied dans les divagations de son cher professeur, devenir adepte de la chiromancie ? Dès son retour ce serait différent. Il fallait convaincre Claude de briser le cercle du silence autour de ses travaux, désamorcer la folie qui régnait, tenir l'équipe au courant des nouvelles découvertes. Les remettre au travail, retrouver une ambiance sereine.

Elle ne parlerait pas de sa conversation avec Finkelstein. C'était son secret. Ses propres recherches. Sa façon de dire adieu à une part d'enfance qui, en elle, demeurait.

À Megiddo le temps était sombre. Pierre et Frédéric étaient rentrés sans le résultat des analyses. Tout le monde était abattu, déprimé. Maya se dirigea vers le professeur qui buvait un café assis seul à l'écart.

— Claude, vous savez que je ne m'exprime pas souvent sur vos décisions. Mais là, ça suffit ! Il faut vous ressaisir, vous entraînez tout le monde dans vos états d'âme. Convoquez l'équipe. Parlez-leur du sanctuaire. Établissez un plan de travail pour chacun. Avez-vous trouvé un nouveau cuisinier ?

Claude balbutia :

— Euh, oui. C'est Rajan qui s'en occupe. Vous avez raison. Il faut que je reprenne tout en main. Comment s'est passé votre rendez-vous ?

— Rien de spécial. Il est charmant. Nous avons surtout parlé de vous. Allez, Claude, il n'y a plus de temps à perdre.

Quatrième jour. Jeudi. 15 h 00.

Claude convoqua ses hommes, leur expliqua l'importance de sa découverte. Il décrivit le plan de travail sur le tableau d'ardoise du réfectoire. Lorsqu'il eut fini, il se tourna vers Maya.

— Y a-t-il des questions ?

— Professeur, lui dit-elle, le mur découvert est une porte s'ouvrant grâce à un mécanisme dont nous ne connaissons pas encore le principe. Elle donne sur une salle où repose cette stèle, une tombe probablement. Pensez-vous que ce dispositif conduit à d'autres chambres ? Et lesquelles ? D'autre part, comment expliquer que l'on retrouve des traces de civilisation mésopotamienne sur un site israélien du VIIᵉ siècle avant J.-C. ?

Friedmann répondit :

— Mes amis, les questions soulevées par Maya sont très pertinentes. Vous avez tous compris que la présence de Sumériens à Megiddo est un véritable mystère, un tournant dans l'histoire de l'archéologie moderne. J'ai souvent pensé, sans jamais en avoir trouvé les preuves, que les Chaldéens avaient constitué des sociétés secrètes, des sectes si vous préférez, qu'ils avaient essaimées dans toute cette région. Ces prêtres, ces magiciens, étaient des exilés, persécutés par les pouvoirs en place, obligés de se cacher, protégeant leur patrimoine malgré l'errance.

Pierre l'interrompit :

— Mais alors, comment ont-ils pu bâtir les temples dont vous nous décrivez les vestiges ?

— Il est possible, mais cela reste une hypothèse,

qu'ils aient trouvé ici un royaume acceptant de les protéger, avec lequel ils auraient noué des liens, et conclu une alliance. Peut-être se sont-ils associés au peuple hébreu au moment où Josias entreprenait de réformer les rites ancestraux.

Maya intervint brutalement :

— Mais comment peut-on imaginer que ces apôtres du polythéisme qui passaient leur temps à adorer des centaines de divinités, pratiquant la magie blanche, la magie noire, adeptes de l'amour libre, de la prostitution sacrée, ces devins de l'horoscope, aient pu s'allier avec les réformateurs les plus puritains du monothéisme, qui ne pouvaient lire sans pleurer les commandements reçus par Moïse : « Tu n'adoreras qu'un seul Dieu, tu ne convoiteras pas la femme de ton prochain… » Ces hommes, à l'origine de notre judéo-christianisme, qui entreprirent de détruire les cultes païens et tous ceux qui, adorant des idoles, ne communiaient pas dans l'amour d'un Dieu unique. Ça paraît une idée aberrante.

— C'est vrai. Je comprends votre réaction. Pourtant, vous allez voir qu'ici même repose la preuve irréfutable de cette invraisemblance. Sous vos pieds, un lieu témoigne que le polythéisme et le monothéisme se sont rencontrés au VIIᵉ siècle avant J.-C. sous le règne de Josias et ont conclu une alliance. Pour quelle raison, je l'ignore. Mais je compte sur vous tous pour m'aider à le comprendre. Si nous parvenons à établir cette vérité historique, imaginez la portée du message que nous révélerons à nos contemporains. Il peut changer le destin de l'humanité.

Tout le monde s'était tu.

Quatrième jour. Jeudi. 23 h 30.

Tout était rentré dans l'ordre. Ils avaient pu admirer la fresque, déblayant, classant les objets. Maya et Pierre se retrouvèrent sous la tente du professeur Friedmann.

— Ça se passe bien, Pierrot, qu'en pensez-vous ?

— Écoutez, je n'en reviens pas, je revis.

— Oui, renchérit Claude, c'est fou comme les garçons aiment être dirigés, sentir mon autorité.

— Ça vous surprend ? s'agaça Maya. Je vous signale qu'il est bientôt minuit, et qu'à ma connaissance rien ne s'est encore passé.

— De quoi parlez-vous ? interrogea Pierre.

— Ne vous en faites pas mon cher, mademoiselle persifle.

— Pas du tout. Je constate un fait. Vous avez l'air déçu.

— Ne soyez pas cynique, Maya. Ça ne vous va pas. Ou alors, arrêtez de fréquenter de vieux hiboux.

— Vous me fatiguez avec vos querelles d'amoureux, dit Pierre. Je vais aller dormir. Je n'en peux plus.

Rajan entra, le souffle court.

— Professeur, une terrible nouvelle. Ils viennent d'annoncer à la radio que le professeur Finkelstein a été retrouvé mort dans son bureau.

Cinquième jour. Vendredi. 00 h 30.

Les signes du zodiaque les entouraient à nouveau pour mieux les étreindre. Ils restèrent un long moment assis sans bouger, sans se regarder. Friedmann fixait le sol, comme absorbé dans la contemplation d'un précipice. Maya se leva, partit en courant. Elle saisit sous son oreiller le livre de Finkelstein pour y chercher sa date de naissance. À l'avant-dernière page était écrit : « Né le 21 janvier 1932 à Cracovie. »

Le Maître de Jupiter avait transpercé le Verseau. Elle crut avoir un malaise. Elle saisit la bouteille d'eau, passa un linge sur son front. Vendredi commençait, il ne leur restait plus que huit jours. Désormais, elle en était sûre : une force supérieure était à l'œuvre, les dominant tous. Il ne leur restait plus assez de temps pour en comprendre le but.

Une énergie sombre et aveugle s'était emparé de son destin. Maya était tentée d'abandonner la lutte, de fermer les yeux.

Claude entra et la prit dans ses bras.

— Maya, je comprends votre désarroi, mais, par pitié, il ne faut pas renoncer. Déjouons cette malédiction. Nous sommes probablement victimes d'un rituel de magie noire. Nous devons percer ce secret, enrayer le cercle qui se referme sur nous.

— Comment nous y prendre, Claude ? Nous n'avons plus que huit jours à vivre. Regardez : quatre jours, quatre morts et nous n'avons pas avancé. Savoir de quel signe sera la prochaine victime ne sert à rien puisque nous n'avons pas la moindre idée de ce qui nous menace. Est-ce une entité visible, invisible ? Aujourd'hui nous savons que quelqu'un du signe du Taureau ou de la Balance va mourir, parce que Vénus domine le jour de sa naissance. Qu'est-ce que ça change ? Que faire de nos années d'études, de nos connaissances ? C'est un cauchemar. Comment trouver les rituels propres à Vénus afin d'empêcher le sacrifice ? Claude, j'ai peur, aidez-moi.

Pierre entra à cet instant.

— Pardon, j'ai involontairement entendu votre conversation. Cela ne me regarde pas, mais j'ai cru comprendre que vous étiez confrontés à un danger imminent. Ces morts semblent faire partie d'un plan dont nous serons tôt ou tard les victimes.

— Qu'est-ce qui vous fait dire cela, Pierre ? demanda Claude.

— Je n'ai pas eu le temps de vous raconter. Des gens de l'école kabbaliste installée près d'ici sont venus me voir. J'en ai parlé à Maya hier à Tel-Aviv, son ami diplomate semblait se poser des questions à leur sujet.

— Quoi ? hurla Claude. Qu'est-ce que c'est que cette histoire ? Quel rapport avec ces gens ? Maya, qui est ce diplomate ?

— J'ai rencontré dans l'avion un garçon qui est en poste à Tel-Aviv, Edward Rothsteen. Il voulait me revoir pour me parler de cette école. Savoir si je les connaissais. Pierre est arrivé à ce moment-là. C'est lui qui nous a dit les avoir rencontrés.

— C'est exact, Claude. Leur directeur est venu ici. Je l'ai reçu. Et par la suite, je suis allé les voir.

— Mais, Pierre, vous ne m'en avez rien dit !

— Et à quel moment ? Il est impossible de retenir votre attention plus de cinq minutes. Je ne pensais pas que c'était important. Mais depuis les questions d'Edward et la mort de Finkelstein, je vois les choses autrement.

— Que voulez-vous dire, Pierre ? demanda Maya.

— Ces gens m'ont fait une curieuse impression. Ils semblent s'intéresser de près à nos recherches.

— Vous leur en avez parlé ? demanda Claude.

— Oui, un peu. Je pensais que leur curiosité était légitime.

— Pierre... soupira le professeur. Et quoi d'autre ?

— Ils m'ont demandé s'ils pourraient un jour descendre avec nous dans la partie du site où nous effectuons les fouilles.

— Pourquoi, ils la connaissent ? Vous la leur avez indiquée ?

— Mais non, Claude, puisque vous m'aviez interdit d'y pénétrer.

— Pierre, regardez-moi dans les yeux, jurez-moi que vous y êtes descendu aujourd'hui pour la première fois.

— Claude. Parole d'honneur.

Pierre se tourna vers Maya, son regard le fit rougir, il balbutia :

— Non mais c'est impensable ! Vous mettez ma parole en doute. C'est un tribunal ! Dites-le tout de suite si vous n'avez plus confiance en moi.

Il regardait alternativement Claude et la jeune femme, comme quelqu'un que l'on a pris sur le fait.

— Allons, ne soyez pas aussi susceptible, reprit Friedmann. Dites-moi, nous n'avons toujours pas les résultats du labo, pour Simon ? Pouvez-vous voir ça avec Frédéric ? Je ne comprends pas ce qui se passe.

Pierre se dirigea vers la sortie. Le professeur le rappela.

— À propos, je voudrais obtenir un rendez-vous avec ces kabbalistes le plus tôt possible. Demain serait le mieux.

Cinquième jour. Vendredi. 9 h 00.

Le portable de Maya sonna. C'était Edward.

— J'ai appris pour Finkelstein. C'est si triste. Je suis sincèrement désolé pour vous.

— Merci, Edward. A-t-on plus d'informations sur les causes du décès ?

— Une enquête est en cours. Nous savons seulement qu'il a eu les jambes broyées.

— Vous pensez qu'il a pu être assassiné ?

— Rien ne l'indique. Mais si c'est le cas nous le saurons rapidement. Je vous tiendrai au courant.

Maya, avez-vous pu en apprendre davantage sur les kabbalistes ? Ils me préoccupent toujours.

— Justement, nous en avons parlé avec Claude. Il souhaite les rencontrer ; Pierre, que vous avez croisé hier, vient de me dire que nous avons rendez-vous avec eux à quatorze heures.

— Dans leur école ?

— Oui. Pourquoi ?

— Pensez-vous que je pourrai me joindre à vous de façon non officielle ?

— Patientez un instant. Je vais demander au professeur si c'est envisageable.

Elle se tourna vers Claude.

— C'est Edward. Comme je vous l'ai dit, il travaille à l'ambassade des États-Unis de Tel-Aviv. Leurs services ont des soupçons sur les kabbalistes. Edward demande s'il peut nous accompagner cet après-midi. Nous le présenterions comme un membre de l'équipe. Qu'en pensez-vous ?

— C'est délicat, Maya. Nous ne savons pas où nous mettons les pieds.

— Mais, Claude, Edward a une approche diffé-rente du problème. L'ambassade reçoit elle aussi des messages, qui proviennent de cette zone. Si ça se trouve, il s'agit de tout autre chose que ce que nous imaginons. C'est peut-être le processus de paix qui est visé. Nous devons mettre toutes les chances de notre côté.

— Bon, d'accord, Maya, mais dites-lui que je souhaite le rencontrer avant notre départ. Qu'il nous rejoigne pour le déjeuner.

Elle reprit son téléphone.

— Edward, vous êtes toujours là ? Le professeur est d'accord mais il souhaite vous parler le plus tôt possible.

— C'est entendu. Je pars maintenant.

Cinquième jour. Vendredi. 12 h 30.

Claude, Pierre et Maya étaient attablés à l'écart de l'équipe. Edward entra dans le réfectoire. Claude le pria de s'asseoir.

— Pardonnez-moi d'être aussi direct, mais quelles sont vos fonctions à l'ambassade ?

— Je suis chargé de mission. Je viens d'être nommé à ce poste après deux années passées à Londres. Mon rôle est de préparer les réunions de négociation du plan de paix. Vous savez, la feuille de route.

— Vous étiez à Harvard ?

— Oui.

— Avec qui ?

— J'ai suivi plus particulièrement les cours du professeur Forrester. Vous la connaissez ?

— Bien sûr.

— Mon père y a enseigné, pendant des années, puis il s'est engagé en politique, auprès d'Isaac Rabin. Il est mort dans un attentat.

— Vous êtes le fils d'Elie Rothsteen ?

— Oui, pourquoi ?

— Mon Dieu, j'ai très bien connu votre père ; c'était un homme remarquable. Sa perte a dû être un immense chagrin.

— Oui, professeur.

— Maya, vous auriez dû me le dire. Cela nous aurait fait gagner du temps.

— Mais Claude, je l'ignorais. Edward ne m'en a rien dit.

Pierre intervint :

— Pour quelle raison vous intéressez-vous tant à ces kabbalistes ?

Le jeune homme regarda le professeur Friedmann, qui lui fit signe de répondre.

— Comme vous le savez, beaucoup de mouvements religieux sont hostiles au processus de paix. Nous subissons des pressions, des menaces. Certaines au grand jour, d'autres plus souterraines. Ce sont ces dernières qui nous inquiètent le plus, car elles peuvent aboutir à des actions meurtrières. Nous n'avons rien de précis à l'encontre des kabbalistes. Ils se sont apparemment toujours tenus à l'écart, se consacrant exclusivement à l'étude, la recherche et l'enseignement. Mais nous avons reçu certains messages provenant de cette région. Or, à part vous, il n'y a qu'eux ici : c'est pourquoi j'aimerais les connaître mieux.

— Des messages ? Mais quels messages ? demanda Pierre.

— Malheureusement, sur ce point, je ne peux vous en dire plus.

— Allons, dit Claude, arrêtons ces questions. Edward, nous vous présenterons comme faisant partie de l'équipe. Vous intéressez-vous à l'archéologie ?

— Oui, grâce à mon père, qui était un passionné ; d'ailleurs, il suivait tous vos travaux.

— Cela sera suffisant. Claude regarda sa montre : Il est temps de partir. Il serait mal venu d'être en retard.

En chemin, à l'arrière du minibus conduit par Rajan, le professeur murmura à Maya :

— Charmant, votre ami.

— Claude, je vous en prie, ce n'est pas le moment.

Le véhicule s'arrêta devant l'école. Il s'agissait d'une construction provisoire. Les matériaux étaient précaires. Les bâtiments suivaient un plan singulier : des modules semblables à des casques de scaphandres étaient disposés en cercle autour de l'édifice central. Devant l'entrée, un homme les attendait. Il se dirigea vers Pierre, le salua chaleureusement, lui exprimant sa joie de le revoir, puis les pria de le suivre au cœur de l'architecture, dans une salle ronde. Il leur fit signe de s'asseoir. À ce moment, onze autres kabbalistes prirent place autour de l'immense table, face à eux. Ils étaient tous vêtus d'une robe noire. Tels les anciens rabbins, ils portaient barbe et papillotes.

Le directeur de l'école parla le premier :

— Je vous souhaite la bienvenue dans ce modeste lieu. Nous tenons à vous dire que la visite d'un aussi illustre chercheur est un honneur pour nous. Vous sembliez impatients de nous rencontrer.

Friedmann lui répondit :

— Cher Maître, je viens d'apprendre que vous nous aviez rendu visite récemment. Nous sommes débordés de travail, et Pierre Grün n'avait pas trouvé le moment pour m'en informer. Dès que je l'ai su j'ai souhaité vous rencontrer.

— Je suis très heureux, professeur Friedmann,

de cette occasion de nous connaître entre voisins ; nous ne voyons jamais personne.

— Vous vous intéressez à nos travaux ? demanda Claude.

— C'est beaucoup dire. Nous essayons simplement de nous tenir au courant des dernières découvertes. Quelques heures hebdomadaires y sont consacrées dans notre enseignement, dirigées par notre confrère Jonathan ici présent, qui était archéologue.

— Votre école semble être d'un niveau très élevé.

— Nous essayons d'être exigeants.

— Dans quel but ?

— En fait, notre institution s'apparente à une forme de clôture. Lorsqu'on entre ici comme élève, c'est qu'on a été choisi pour prendre un jour la relève d'un enseignant, et l'on s'engage à y rester toute sa vie. Notre formation ne prépare pas les hommes à une activité professionnelle tournée vers l'extérieur. Nous nous consacrons à la Bible, à ses secrets. Notre savoir perdure ainsi au fil des générations. Vous avez devant vous les douze Maîtres, les élèves sont à l'étude.

— Et combien sont-ils ? enchaîna Friedmann.

— Nous obéissons à un protocole précis. Ils sont de nombre égal, un novice par Maître. Ce que l'on appelle être kabbaliste, c'est dédier sa vie au Livre sacré. Mais l'histoire de notre confrérie est bien antérieure à celle de la kabbale. Nous sommes les héritiers d'une tradition créée par des scribes méso-potamiens. Le temps a fait de nous leurs passeurs spirituels. Ces hommes ont participé à l'écriture de grands textes, retrouvés récemment, telle l'Épopée de Gilgamesh. D'ailleurs, de nombreux passages de la Bible ressemblent à leurs écrits, la Genèse, le Déluge, l'Exode, l'Exil. Si notre activité principale est de décrypter l'Écriture sainte, d'autres ensei-gnements en découlent. Nous sommes voués à la transmission d'un savoir lié à l'écriture et au livre. Chaque Maître doit choisir un élève appelé à devenir son successeur, et ce depuis la nuit des temps. Nous sommes élus pour les siècles à venir.

— Je comprends. Mais quels aspects de nos travaux vous intéressent plus particulièrement ?

— Vous savez, notre école s'est installée près de Megiddo en 1939. À cette époque, les doyens pensaient que ce lieu était important pour les recherches sur les origines de la Bible et plus préci-sément sur le sort du roi Josias, tué ici par les Égyptiens. Les travaux menés depuis par Serge Finkelstein, qui ont modifié notre connaissance de la genèse du Livre, leur ont donné raison.

Personne n'avait bougé durant ce dialogue. On entendait le silence entre les mots. Les hommes de la kabbale étaient restés tête baissée. Maya sentit un fourmillement sur sa hanche. Elle sortit discrètement son portable sous la table et lut : « Les jours passent aussi vite que les morts à venir, il vous en reste sept. »

Maya éteignit le téléphone, tentant de ne rien laisser paraître de son trouble. La discussion s'était engagée autour de la table. La jeune femme posa quelques questions sur Josias, la tradition des scribes, les origines de la kabbale, mais son esprit était ailleurs, errant dans sa frayeur.

Comment avait-elle pu recevoir ce message ici, dans ce lieu perdu, à des kilomètres de toute vie ? La réunion prit fin. En sortant, elle bavarda avec Jonathan, lui parla du passé : pourquoi avait-il abandonné l'archéologie ?

Arrivés près du véhicule, elle lui dit :

— Je dois réactiver mon portable. J'ai un appel urgent à donner.

— Oh, ici c'est impossible, il n'y a pas de liaison. Nous avons une ligne fixe, si vous voulez, mais elle ne permet pas de joindre les portables, nous avons très peu de moyens.

— Ce n'est pas grave. J'appellerai de Megiddo.

Au revoir. Mille mercis pour votre accueil.

Sur le chemin du retour, personne ne parlait. Ils semblaient réfléchir à ce qui s'était dit. Au bout d'un moment, Maya s'adressa à Edward :

— D'après ce que m'a expliqué Jonathan, je ne vois pas comment les messages reçus à l'ambassade auraient pu être émis à partir de l'école, ou même des alentours.

— Effectivement, j'en ai parlé avec l'intendant, ils n'ont accès à aucun réseau. D'ailleurs j'ai essayé, ma ligne ne passait pas. Il faudra éclaircir tout cela.

Claude intervint :

— Je pense que ces hommes sont davantage portés sur la magie que sur les nouvelles technologies. Ils sont sérieux et particulièrement radicaux dans leurs pratiques, leurs disciplines. Je suis embêté qu'ils connaissent aussi bien nos travaux. Je sens que ça leur pose un problème.

— Ah bon, dit Pierre, j'ai l'impression qu'ils suivent ce que nous faisons avec bienveillance. Après tout, nos recherches les concernent directement, car si elles aboutissent elles peuvent remettre en cause les fondements, la conception même de la Bible. C'est normal qu'ils se sentent impliqués.

— Oui, c'est bien normal, lui répondit le professeur d'un ton sec.

À Megiddo, Maya accompagna Edward à sa voiture. En chemin, elle lui parla du message reçu pendant leur réunion.

— Il y a donc une installation cachée ? interrogea le jeune homme.

— À moins que ça ne passe par autre chose.

— Comment serait-ce possible, Maya ? Gardons les pieds sur terre et réfléchissons. Je dois m'en aller, je suis en retard. On m'attend à Tel-Aviv.

Elle resta au bord de la piste de terre, le regardant s'éloigner sans bouger, comme égarée. La voix du professeur, l'appelant, la fit sursauter. Elle se ressaisit, il fallait affronter le temps.

— Maya, il est essentiel que nous redescendions dans le tombeau pour essayer d'avancer le plus vite possible.

— Avancer, Claude, mais comment ?

— Il faut chercher, ou nous allons tous mourir.

Une fois arrivés dans la chambre funéraire de Benjamin, le professeur déclara :

— Si une porte s'ouvre sur la chambre du mort du premier jour, une deuxième doit forcément correspondre au mort du deuxième jour. Il faut tenter le même rituel.

— Mais Claude, nous n'avons pas d'offrandes à proposer aux dieux.

— Je pense que c'est inutile. Remettons un genou à terre, et dites votre prière. Concentrez-vous, nous verrons bien.

Ils s'agenouillèrent devant la paroi de droite et tendirent les bras. La voix étouffée de Maya récita les stances. Cette fois, ils n'avaient plus envie de sourire. Ils savaient désormais que les forces qu'ils combattaient étaient réelles. Dans un tremblement de bruits sourds, de grincements, de torrents de poussière, la deuxième porte s'ouvrit lentement. Sur le montant était gravé un nom : NILISANU.

Maya eut l'impression de mourir à son tour. La peur s'emparait de sa vie, la retenant otage des événements. Elle regardait le professeur, telle une petite fille cherchant les bras de son père pour être rassurée. C'était un cauchemar, mais elle était éveillée. Claude la rappela à la réalité d'une façon brutale :

— Maya, ne flanchez pas, continuez, à genoux, priez, Maya, priez !

Elle s'exécuta. Une troisième porte s'ouvrit, à droite, comme la précédente. Le nom de SIMANU apparut. Maya n'était plus elle-même. Son corps était ailleurs. Seule sa pensée, comme une corde de violon, vibrait sous les ordres de Claude. Puis ce fut la quatrième porte. Ils y découvrirent les lettres formant le nom : SERGANU. Claude était au comble de l'exaltation. Livide, les yeux écarquillés, il semblait avoir atteint la note parfaite, le point d'orgue de toute son existence. Maya ne reconnaissait plus son visage.

— Claude, qu'avez-vous ?

— Nilisanu, Simanu, Serganu, la première fois Benyamin... Vous rendez-vous compte, Maya ?

Même sa voix avait changé. Il reprit :

— Chacun des morts des derniers jours a son nom inscrit dans ce sanctuaire, sous sa forme chaldéenne, depuis la nuit des temps.

— Oui, murmura Maya, et chaque pièce est comme un tombeau, avec au milieu cette stèle funéraire...

— ...érigée pour nos amis morts. Précisément, ma petite. Cela paraît n'avoir aucun sens, mais c'est ainsi. Un lien existe entre les victimes d'aujourd'hui et les rituels chaldéens, comme si leur destin avait été scellé des siècles avant leur naissance.

— Mais pourquoi eux ? Qu'est-ce qui les prédestinait à être sacrifiés à ces dieux oubliés ?

— C'est ce que nous devrons comprendre pour mettre un terme à la malédiction. Peut-être y a-t-il une règle, qui reste à découvrir. Si nous y parvenons, si nous trouvons les noms des prochaines victimes, dont nous connaissons déjà les signes astrologiques, nous pourrons les sauver.

— Comment faire ?

— Je ne sais pas encore… En attendant, avançons, Maya. Regardez, les pièces que nous traversons ne sont pas en carré ni en rectangle mais en trapèze. Avez-vous remarqué que toutes les portes sont situées du même côté ? Il faut faire un plan. Je suis presque sûr que l'ensemble des pièces forme un cercle. Nous verrons lorsque nous serons dans la douzième chambre.

— Si nous y arrivons, dit-elle à voix basse.

— Maya, je pense que nous avançons à l'intérieur d'un zodiaque. Concentrez-vous, il faut parvenir à ouvrir cette cinquième porte, savoir qui doit disparaître aujourd'hui.

Ils remirent un genou à terre, tendirent à nouveau les bras. Le mur restait immobile. La mort leur faisait face. Ils restèrent ainsi, à prier, récitant les mêmes mots. Mais rien. Pas un bruit.

Ils entendirent la voix de Pierre qui hurlait leurs prénoms à l'entrée de la crypte :

— Claude ! Maya ! Où êtes-vous ? Venez vite !

Ils se levèrent et remontèrent à la hâte. Pierre les entraîna sur le chemin.

— C'est Jonathan ! dit-il, essoufflé. Vous savez,

l'archéologue de l'école. Il nous a suivis. Il s'était dissimulé au bord de la piste, derrière le remblais de terre ; Zoltan a fait une mauvaise manœuvre avec la pelleteuse. Il roulait trop vite en marche arrière, il ne l'a pas vu, il l'a écrasé. Venez, il est inconscient.

Ils arrivèrent à sa hauteur. Zoltan leur jeta un regard perdu qui semblait leur dire : ce n'est pas ma faute.

Frédéric était penché sur le corps inerte de Jonathan. Des images similaires vinrent en surimpression. Le médecin s'était penché ainsi, l'avant-veille, sur le corps de Simon. Il releva la tête, la même expression d'impuissance habitait son visage.

— Il est mort.

— Pierre, portez le corps à l'intérieur du local technique et attendez-moi.

Claude entraîna Maya vers la crypte. Ils descendirent. Une nouvelle porte s'était ouverte. Le prénom YONATU y était inscrit. Il prit la jeune femme dans ses bras.

— Maya, nous ne vaincrons pas le temps.

Cinquième jour. Vendredi. 18 h 00.

Edward arriva devant l'ambassade. Il salua négligemment l'huissier, qui lui indiqua que son rendez-vous était déjà là. Plusieurs personnes attendaient l'ascenseur. Edward décida de monter les deux étages à pieds. Il entra dans le secrétariat, salua l'homme qui était assis, puis, s'adressant à son assistante :

— Laura, je vais recevoir monsieur Benassan dans mon bureau. Pouvez-vous filtrer les appels ?

— Très bien, monsieur, répondit-elle. Souhaitez-vous voir la liste des personnes qu'il faut rappeler ?

Elle lui tendit une feuille où une vingtaine de noms étaient inscrits.

— Nous verrons cela plus tard. Monsieur, si vous voulez bien me suivre.

Ils s'installèrent dans des fauteuils autour d'une table basse occupant la partie salon de la pièce. Benassan demanda s'il pouvait fumer et alluma un cigarillo.

— Où en êtes-vous ? lui demanda Edward.

— J'avance lentement. Je dois rester prudent. J'ai beaucoup de mal à comprendre ce qui se trame.

— Qu'avez-vous appris depuis la dernière fois ?

— Je crois qu'ils sont à cran avec ces fouilles. Ils considèrent que c'est leur territoire et qu'on les tient à l'écart de ces recherches.

— Mais, Benassan, il s'agit d'une mission scientifique.

— Je sais, mais ils prennent mal la présence de

cette école kabbaliste à proximité. Ils ont tenté de les rencontrer. Les rabbins ont refusé de les recevoir.

— Les kabbalistes ne sont pas des rabbins, ce sont des universitaires qui poursuivent une mission, des savants qui ne se sont jamais mêlés de politique.

— Alors, comment expliquez-vous cette attitude opaque ?

— C'est chez eux un principe, ils ne reçoivent personne, pas plus du côté israélien que du côté palestinien. Ils veulent rester en dehors, étudier, ce sont des gens qui vivent au-dessus des contingences.

— Bon, d'accord, laissons les kabbalistes de côté. Mais une rumeur circule qui m'inquiète davantage, sur une découverte à Megiddo. D'où peuvent venir ces bruits ?

— Ça, je n'en ai pas la moindre idée. Mais continuez. Qu'est-ce qui vous fait penser que les Fondamentalistes s'intéresseraient à ce site ?

— Il semble que des éléments mis au jour remettraient en cause la légitimité historique des revendications israéliennes sur les territoires.

— Attendez, Benassan, ils ne vont pas ressortir ces vieilles histoires ! Nous avons largement dépassé le stade de ce débat archaïque sur les religions. Aujourd'hui, ce sont des solutions concrètes, économiques, politiques que recherchent nos dirigeants. Quel sens aurait ce retour en arrière, c'est absurde.

— Je ne sais pas. Peut-être les négociateurs des deux bords se disent-ils qu'avec ça ils occupent les extrémistes, leur donnent un point de fixation, en résonance avec leurs croyances.

— Une sorte de rideau de fumée ?

— Si vous voulez, Edward.

— Pourquoi pas, si ça les aide à avancer.

— Les Fondamentalistes s'appuieraient donc sur les travaux scientifiques des archéologues, pour démontrer que le Livre sacré serait une sorte de supercherie, une opération de propagande montée de toute pièce au VIIᵉ siècle avant J.-C. Les notions de peuple et de territoire n'auraient aucun fondement historique. La Bible serait une fabuleuse construction ne reposant que sur la commande d'un monarque ambitieux.

— Mais, enfin, Benassan, réfléchissez, en disant cela ils détruisent les fondements mêmes de leurs propres croyances, de leur religion, puisque l'islam s'appuie également sur le Texte sacré.

— Ça, mon ami, ça n'a pas l'air de les déranger. Ils en font leur affaire, persuadés que la presse du monde entier s'engouffrera dans cette aberration.

— Alors ce serait une sorte d'attentat symbolique, un 11 septembre de la religion ?

— Oui, en quelque sorte.

— Je vois. Mais enfin, faire tomber le Livre des livres, c'est autrement plus compliqué que détruire des buildings.

Benassan se leva, salua Edward et sortit. Le jeune homme resta seul, pensif. Ce que lui avait appris son informateur le rassurait en partie. Si le groupe palestinien qui se faisait appeler les Fondamentalistes déplaçait son action sur le terrain symbolique, c'est qu'ils avaient peut-être renoncé aux attentats visant des civils, seules menaces que redoutaient véritablement les services de son ambassade. Mais il hésitait à faire son rapport tant qu'il n'aurait pas identifié la source de ces messages. Il devait poursuivre ses investigations. Edward se dirigea vers le secrétariat afin d'y consulter la liste des appels. Le nom de Maya apparaissait trois fois. Il ralluma son portable.

— Maya, vous m'avez appelé. Que se passe-t-il ?

— Ah, c'est vous, enfin. Jonathan, vous savez, le kabbaliste. Il vient de mourir. Un accident. C'est le cinquième mort en cinq jours. Cela suit les messages, ceux de Claude, les vôtres, les miens. Nous avons désormais la certitude qu'il ne nous reste plus que sept jours. Je ne crois pas que ça vienne de l'école, ils veulent juste découvrir le sens de nos recherches. D'autres forces agissent, des entités qui sans doute nous dépassent. Avez-vous de nouveaux éléments ?

— Oui, mais rien de précis. Calmez-vous, Maya. Nous verrons cela ensemble, mais pas au téléphone. Je suis de permanence, bloqué à l'ambassade pour la nuit. Auriez-vous la possibilité de venir ici avec le professeur, pour parler tranquillement ?

— Mais, Edward, vous ne comprenez pas. C'est ici, à Megiddo, que ces phénomènes se manifestent. Il faut absolument que nous puissions vous montrer ce que nous avons découvert. C'est notre vie à tous qui en dépend.

— Vraiment, désolé, Maya, mais ce soir je ne peux absolument pas quitter mon poste.

— Bon. Je vais voir avec Claude si nous pouvons venir.

— Et puis, le professeur et vous seriez plus en sécurité à l'ambassade.

— Ça, Edward, ce n'est pas sûr. À ce soir, peut-être.

Elle rejoignit le professeur à la hâte. Il était à sa table de travail. Il établissait des relevés. Elle s'assit près de lui.

— C'est ce que je pensais, Maya. D'après mes

croquis, les cinq tombes que nous avons ouvertes sont disposées de la façon suivante.

— Oui, je vois, elles sont en arc de cercle.

— C'est ça. Regardez. Si nous prolongeons ce tracé pour les sept tombes qui restent, l'ensemble forme un cercle parfait. Elles ont été construites selon le schéma du zodiaque. Or, nous savons que les noms inscrits verticalement sur chacune des portes correspondent aux prénoms des morts des cinq derniers jours. Et que les divinités dont les noms figurent sur les stèles gouvernent les signes de chacun d'eux : Du-Uzu pour Benjamin, qui était Cancer, Nissanu pour Neil Lambden, Bélier, Sivan pour Simon, Vierge, Sabatu pour Finkelstein, Verseau, et Ajaru pour Jonathan, Taureau. Ces dieux sont ceux que les Chaldéens appelaient les Maîtres des Jours. Ils suivent le calendrier hebdomadaire, symbolisant les planètes censées influer sur nos destins. Dans l'ordre : la Lune, Mars, Mercure, Jupiter, Vénus… La victime de demain, samedi, devrait donc être Poisson, sous la domination de Saturne, que gouverne Addaru.

— D'accord. Je vous suis, mais comment deviner son nom ? Des milliers sont possibles.

— Peut-être pas tant que cela. Car j'ai découvert autre chose. Voyez, j'ai établi la liste des cinq premières victimes, avec leur nom, sa transcription chaldéenne, leur date de naissance.

Maya prit le papier. Cette litanie résonna en elle de façon lugubre. Elle ne pouvait détacher son regard de ce processus implacable, imaginant son identité, sa date de naissance à la douzième place sur le faire-part mortuaire. Elle s'enroula dans le plaid qu'elle avait posé sur ses épaules. Le froid et la peur la glaçaient.

— Maya, concentrez-vous. Les noms sur les portes me rappelaient quelque chose. Je ne parvenais pas à me souvenir de quoi il s'agissait, et soudain j'ai pensé à ce récit que nous avions exhumé en Irak, vous savez, sur les serviteurs des dieux. Chacun d'eux était plus particulièrement consacré à une divinité. J'ai retrouvé les noms : *Benyamin, serviteur de Du-Uzu, Nilisanu, serviteur de Nissanu*, etc.

— Mon Dieu ! Mais alors…

— Alors, oui, nous pouvons savoir comment s'appelleront les prochaines victimes. Le serviteur d'Addaru était Asanu. Celui qui, demain, devrait mourir, aurait donc pour nom Assan, ou quelque chose d'approchant.

— Et les suivants ?

— Je n'ai trouvé que trois autres noms : Olilu, Aar, Abanasu, pour les trois jours qui viennent.

— Il faut absolument chercher à qui ça pourrait correspondre !

— Je n'en ai pas la moindre idée. Mais attendez, ma petite, il y a aussi les dates de naissance. J'ai examiné celles des premiers morts, et je me suis aperçu qu'ils sont tous nés le premier jour de leur thème astral, le 21 juin, le 21 mars, etc. De plus, j'ai reconstitué le calendrier de leur année de naissance. Le jour de la semaine coïncide avec celui de leur disparition programmée. Le 21 juin 1999, pour Benjamin, était un lundi. Le 21 mars 1967, pour Neil Lambden, un mardi, et de même pour les autres. Donc la personne qui va mourir demain sera née un samedi 21 février. Ce qui nous donne l'année 1948.

— Oui. Ça semble logique. Enfin, je ne suis pas sûre que ce soit le bon mot. Mais j'espère que vous avez raison.

— Cela, mon enfant, nous avons jusqu'à minuit pour le vérifier et tenter de déjouer le destin. Après, nous entrerons dans le sixième jour, et chaque seconde de la vie de cet inconnu sera menacée.

— À propos, Claude, Edward semble avoir appris des choses importantes. Il ne peut pas quitter l'ambassade et propose que nous allions le retrouver à Tel-Aviv. Qu'en pensez-vous ?

— Allons-y. Ils ont sans doute des bases de données, des éléments qui nous permettront d'identifier la personne désignée.

Cinquième jour. Vendredi. 22 h 00.

Sur la route, Maya et Claude s'étaient assoupis. Rajan, fidèle à son calme habituel, veillait sur eux. Ils arrivèrent devant l'ambassade. Un huissier les fit patienter. Edward sortait d'un rendez-vous. Le jeune homme vint les chercher et les conduisit dans un salon particulier.

— Ici, nous serons tranquilles pour parler.

Ils s'installèrent tous les trois autour d'une table.

— Voulez-vous dîner, ou boire quelque chose ?

— Je n'ai pas très faim, dit Maya. Juste un café avec du lait chaud.

— Moi, je veux bien, répondit Friedmann, nous aurons besoin de forces dans les heures à venir.

Edward fit monter des plateaux et leur dit :

— J'ai appris tout à l'heure qu'un groupe palestinien, les Fondamentalistes, est en possession d'informations sur vos travaux. Il est probable que quelqu'un au sein de votre équipe soit en liaison avec eux, et leur fournisse des renseignements.

Claude et Maya se regardèrent, interloqués. Un membre de l'équipe ? C'était impossible. Qui parmi eux pouvait se dissimuler au point de trahir ?

— Non. C'est inenvisageable, lui répondit le professeur.

— Malheureusement, avec les êtres humains, il ne faut s'étonner de rien. Et vous, Maya, vous sembliez épouvantée lorsque je vous ai parlé tout à l'heure.

— Oui, répondit-elle, il y avait de quoi.

Elle lui décrivit le raisonnement du professeur, les cinq jours passés, l'enchaînement des messages, les dates, les morts, la découverte des tombes. Ils furent interrompus par un signal sur le portable du diplomate. Il saisit son téléphone, et lut un message envoyé à vingt-trois heures trente par Benassan : « Je crois qu'ils m'ont repéré. » Il enchaîna :

— Alors, vous pensez pouvoir deviner qui, demain, pourrait être la nouvelle victime ?

— Oui, reprit Friedmann, et je me disais que vous aviez peut-être ici des documents permettant de l'identifier.

— Mais comment ?

— Eh bien, mon cher, je peux vous donner sa date de naissance et son prénom.

— Allez-y.

— Il serait né un 21 février 1948 et se prénommerait Assan, ou quelque chose comme ça.

Edward était devenu livide.

— Nous n'aurons pas besoin d'autres renseignements... C'est lui qui vient juste de m'envoyer un sms, où il me dit qu'il est en danger. Regardez.

Ils lurent le message, pendant qu'Edward consultait un dossier sur son ami. Il était bien né le 21 février 1948.

— Il faut le joindre immédiatement, dit Friedmann en regardant sa montre.

Il était minuit moins le quart.

Edward composa le numéro. Le portable était sur répondeur.

— Je ne peux pas laisser de messages. Ça le dénoncerait.

— C'est moi qui vais le faire, dit Maya d'un ton ferme.

Edward et Claude se regardèrent.

— D'accord, si vous voulez, lui dit le jeune homme. Mais c'est vous qui courrez un risque.

— Au point où j'en suis, murmura-t-elle.

— Bien, dit Friedmann, demandez-lui de vous rappeler de toute urgence.

Maya appela. Dix minutes les séparaient du commencement du sixième jour. La jeune fille posa son téléphone sur la table. Ils restèrent là, attendant la sonnerie, retenant leur souffle.

Sixième jour. Samedi. 00 h 05.

Il y eut un bref signal. Maya saisit l'appareil et écouta. Elle crut entendre une voix venue des entrailles de la terre. Elle ressentit une brûlure le long de sa colonne vertébrale. Edward et Claude la regardaient, accrochés à ses lèvres. Mais pas un son ne vint. Elle leur tendit son portable. Tous deux écoutèrent le message : « Il ne vous reste que six jours. » Edward appuya sur les touches pour en connaître la provenance.

— Cela vient de Benassan.

Ils n'avaient pas attendu longtemps. Le mal avait frappé aux lueurs sombres du sixième jour. Le jeune homme prit une profonde inspiration.

— Professeur, je ne sais plus que penser. Votre prophétie semble juste, hélas. Mais si Benassan a été tué, c'est peut-être que les Fondamentalistes l'ont démasqué.

— Démasqué ?

— Il travaillait pour l'ambassade. C'était une sorte d'agent double. Il avait infiltré leur groupe.

— C'est la personne que vous avez vue cet après-midi, enfin, hier ?

— Oui. Il était venu me voir pour me faire part de ses inquiétudes. C'est lui qui a évoqué la présence d'un informateur au sein de votre équipe.

— Mais qu'est-ce qui peut, dans nos recherches, nos découvertes, les intéresser ?

— Benassan m'a raconté une histoire invraisemblable au sujet de la Bible. J'ai cru qu'il me parlait de ça parce qu'il n'avait rien de précis à m'apprendre. Ce qu'il voulait surtout me dire, c'est qu'il y aurait un traître parmi vous.

— C'est aberrant, cher Edward, mais vu notre situation, rien n'est à négliger. Que vous a-t-il dit à propos de la Bible ?

— Écoutez, professeur, je ne suis pas sûr d'avoir bien compris. Selon lui, vos travaux sur le site de Megiddo apporteraient la preuve que le Livre sacré n'est qu'un ouvrage de commande, un texte purement littéraire destiné à justifier des conquêtes militaires. La notion même de peuple juif ne serait ainsi que le fruit d'une fiction.

— C'est stupide !

— Pas tant que ça, si ce groupe arrivait à se servir de cette découverte...

— De quelle manière ?

— D'après moi, ces gens considèrent que l'issue du conflit israélo-palestinien, donc celle du processus de paix, ne dépend que de la façon de communiquer. Ils tentent par tous les moyens de manipuler l'opinion, d'alerter les médias. Les actions terroristes se retournent contre eux. Ils souhaiteraient sans doute pouvoir agir sur les fondements de l'histoire, faire exploser le cœur même de la religion juive, détruisant le symbole absolu qu'est la Bible.

— Mais c'est une idée folle ! Complètement absurde ! s'écria Friedmann. Qu'est-ce que nos travaux ont à voir avec ces divagations ? Je ne peux pas croire que Benassan soit mort pour cela. Non. Il doit s'agir d'autre chose. Edward, il faut absolument que vous veniez sur le site, pour comprendre. Vous verrez que nous n'avons pas affaire à des phénomènes rationnels. C'est beaucoup plus dangereux. N'est-ce pas, Maya ? Dites-lui.

La jeune fille réfléchissait. Elle doutait de tout. Elle avait l'impression que ses sens s'étaient enfuis, la laissant là comme une carcasse vide. Quelqu'un avait-il pénétré son esprit pour y découvrir son secret ? Elle n'en avait parlé à personne, pas même à Claude. Ses hypothèses scientifiques devenaient tout à coup des enjeux politiques malsains, dangereux, comme si elle avait dégoupillé une grenade et se l'était accrochée en collier. Le but de sa vie devenait son pire ennemi. Personne ne savait qu'elle avait pu faire de pareilles suppositions autour du Livre sacré, mis à part Finkelstein, mais il avait péri. Qui pouvait se douter qu'elle cherchait le tombeau de Josias, qu'il se trouvait sans doute à Megiddo ? Qui pouvait croire que ce roi était le commanditaire de la Bible, et que les tablettes en apportant la preuve y étaient peut-être ensevelies ? Maya aurait dû tout dire au professeur. La vie lui donnait une leçon. Elle avait dissimulé ses hypothèses par ambition. Il y avait peut-être un traître au milieu d'eux, mais elle aussi avait trahi, par excès d'orgueil. Qui aurait pu lire dans ses pensées ? Elle n'en avait parlé à personne.

— Personne.

Elle prononça ce dernier mot à voix haute.

— Comment ? interrogea Claude.

— Que voulez-vous dire ? ajouta Edward.

Maya se reprit.

— Pardon, je réfléchissais tout haut. Il y a un point dont nous n'avons pas reparlé. Ce sont les circonstances de la mort de Finkelstein.

— C'est exact, répondit Edward. Mais les choses vont si vite. Nous avons reçu ce matin un compte rendu de l'enquête.

— Eh bien ? reprit-elle.

— Il est mort d'une crise cardiaque.

— Mais vous m'aviez parlé d'une blessure au niveau des jambes.

— Oui, il a dû, au cours de son malaise, s'agripper à son bureau métallique. Dans sa chute, le meuble est tombé sur ses jambes, les brisant à plusieurs endroits.

— Et on n'a rien retrouvé de spécial ? demanda-t-elle d'une voix nouée.

— Non, les enquêteurs ont tout vérifié. Ils n'ont pas trouvé le moindre indice. Ne l'aviez-vous pas rencontré le jour même ? Vous n'avez rien remarqué ?

Friedmann renchérit :

— Mais au fait, Maya, c'est exact, vous êtes allée le voir pour qu'il vous fasse des révélations. Que vous a-t-il dit ?

— Rien de spécial, Claude. Finkelstein était un homme rigoureux. Il n'aurait pas dissimulé quelque chose qui pouvait faire avancer la science. Je me demandais simplement si on n'avait pas retrouvé dans son bureau un objet, un document qui aurait provoqué cette crise cardiaque, qui lui aurait fait peur au point d'en mourir.

— Rien n'a été signalé.

Le regard de Maya croisa celui de Claude. Il lui sembla y lire un doute. Elle finit par baisser les yeux, se replongeant dans ses réflexions. Le fragment de tablette que Finkelstein avait sorti de l'étoffe avait donc disparu. Se pouvait-il que leur entrevue ait été écoutée, que quelqu'un l'ait brutalisé pour dérober l'objet ? Le savant avait-il eu la présence d'esprit de le mettre en lieu sûr ? Elle sentait le regard de Friedmann fixé sur elle. Il semblait lire dans son esprit.

— Arrêtez, Claude ! lui dit-elle sèchement.

— Allons, reprit Edward, je crois que la situation que nous vivons est suffisamment difficile. Il faut réagir. Essayer de sortir de ces tranchées de boue. Professeur, vous avez raison. Allez-y. Malheureusement je ne termine ma permanence qu'à huit heures. Mais je vous promets qu'à cet instant, je vous rejoindrai.

Sixième jour. Samedi. 2 h 00.

Le professeur et Maya reprirent le chemin de Megiddo.

À mi-parcours, Claude rompit le silence :

— Vous savez, cela fait un moment que je devine vos projets.

— De quoi parlez-vous, professeur ?

— Allez, ne faites pas l'enfant. Vous êtes obsédée par la découverte du tombeau de Josias. Pourquoi ne pas me l'avoir dit ? J'aurais pu vous aider.

— Mais non, je sais bien que vous auriez tout fait pour me décourager, me démontrer que je me trompais, que je perdais mon temps et vous le vôtre. En huit ans, j'ai appris à vous connaître.

— Maya, ne soyez pas injuste. N'ai-je pas toujours fait ce qui était en mon pouvoir pour vous aider à devenir indépendante ?

— C'est vrai, Claude. Mais vous ne m'auriez pas suivie. De toute façon, je n'étais pas assez sûre de moi pour vous en parler.

— Bon, et maintenant, jeune fille ?

— Je ne sais plus. Tout se brouille. Et ce que nous a raconté Edward ne me donne plus envie de continuer.

— Enfin, Maya, cette histoire d'attentat contre la Bible est absurde ! N'y pensez plus, et dites-moi ce que vous aviez en tête.

— Eh bien, j'ai toujours eu des doutes sur ce passage du Livre évoquant la mort de Josias. Il se termine de façon trop abrupte. Déjà, on ne comprend pas ce qu'il allait faire à Megiddo. Pourquoi s'être ainsi jeté à la face du Pharaon Neko alors qu'il partait en campagne contre les Assyriens ?

L'Égyptien a dû être surpris de trouver Josias sur son chemin. Et cette mort sommaire, expédiée en une ligne : *Le Roi Josias se porta au-devant de lui, mais Neko le fit périr à Megiddo, à la première rencontre.* Et voilà, c'est tout, terminé. Ne trouvez-vous pas étrange une fin si laconique pour un roi de cette importance, qui a rétabli le culte de Yahvé ? Attendez, je vais vous lire la suite.

Elle sortit des feuilles de sa sacoche et enchaîna :

— *Ses serviteurs transportèrent son corps en char depuis Megiddo. Ils le ramenèrent à Jérusalem et l'ensevelirent dans son tombeau.*

Elle leva les yeux.

— Je comprends que les scribes aient eu envie de conclure de cette façon. C'était sans doute plus digne. Mais on a peine à le croire. On dirait une réécriture, n'est-ce pas ?

— Vous n'avez peut-être pas tort, mais où cela vous mène-t-il ?

— S'il est venu à Megiddo, c'était peut-être pour des raisons que le Texte sacré n'a pas souhaité retenir, et s'il y est mort en effet, pourquoi n'y serait-il pas enseveli ? C'est simple, non ?

— Oui, Josias était un personnage-clef, et on découvrira encore beaucoup de choses sur lui. Je pense aussi que le Grand Prêtre de l'époque, le fameux Hilqiyyahu, a joué un rôle capital. N'oubliez pas cette scène épique où Josias, qui n'a que dix-huit ans, demande au Prêtre de lancer les travaux de restauration du Temple de Jérusalem. Soudain, Hilqiyyahu revient en disant : *J'ai trouvé le livre de la Loi dans le temple de Yahvé !* C'est vrai qu'on imagine davantage une sorte de mise en scène.

— Alors, professeur, vous êtes d'accord avec cette interprétation ?

— Pourquoi pas ? D'ailleurs, cela devient par la suite encore plus grandiloquent. Lorsqu'il entend les paroles contenues dans les tables de la Loi, Josias déchire ses vêtements. Il est évident que l'on a voulu frapper les esprits de l'époque.

— Mais, en plus, ajouta Maya qui commençait à s'enflammer, ce qui est étrange, c'est lorsque Josias demande au Grand Prêtre, dont je n'arrive jamais à prononcer le nom…

— Hilqiyyahu.

— Merci. Il lui dit d'aller consulter la prophétesse Hulda. Vous souvenez-vous de ce passage ? Ce qu'elle leur annonce est terrible.

Elle jeta un œil sur ses papiers.

— Sous prétexte que les ancêtres de Josias ont adoré d'autres dieux, ceux qui vous intéressent tant, Claude, Yahvé, selon cette prophétie, *répandra le malheur sur ce lieu et sur ses habitants.* « *Ma Colère, dit-il, s'est enflammée ici, et ne s'éteindra pas.* »

— Je m'en souviens, lui répondit Friedmann. C'est le passage où est mentionnée la promesse faite à Josias, qu'il ne verra pas tous ces maléfices.

La jeune femme ne lisait plus. Elle récita :

— Yahvé lui fait dire par l'oracle : *Parce que tu as déchiré tes vêtements et pleuré devant moi, tes yeux ne verront pas tous les malheurs que je ferai venir en ce lieu. Je te réunirai à tes pères, et tu seras recueilli en paix dans vos tombeaux.*

— Mais, Maya, vous connaissez la Bible par cœur !

— Ne vous moquez pas de moi. Seulement les passages sur lesquels je travaille. On voit bien qu'il fallait trouver une forme de consolation. Josias avait consacré les trente et une années de son règne à Yahvé, s'appliquant à détruire les idoles et les temples des autres religions. En échange, son Dieu unique sema l'épouvante sur la Judée, sur son peuple. Sa seule récompense fut de ne pas voir le malheur s'abattre sur eux et d'être enseveli dans son tombeau familial à Jérusalem.

À partir de là, il devenait impensable, selon Maya, de terminer l'histoire de Josias en écrivant que la prophétie de Hulda ne s'était pas réalisée, qu'on ne l'avait pas ramené de Megiddo à Jérusalem sur un char. Sinon sa fin aurait été trop injuste, inacceptable pour le lecteur. Il s'agissait donc d'un problème éthique, moral, autour du récit, semant un véritable doute sur la réalité historique des faits rapportés. Il lui semblait plus logique que, s'il était effectivement mort à Megiddo, il y fût enterré. D'ailleurs, Maya ne voyait pas pourquoi les Égyptiens, le Pharaon, auraient ainsi laissé partir les serviteurs d'un roi qu'ils venaient de vaincre, leur permettant de retourner à Jérusalem.

Sixième jour. Samedi. 3 h 40.

Ils arrivèrent sur le site. Tout le monde dormait. Ils descendirent dans la crypte. La sixième porte s'était ouverte, sans prières, sans offrandes. Les lettres formant le nom ASANU confirmèrent leurs certitudes.

— Vous savez, Maya, je pense que nous perdons du temps, à nous laisser entraîner dans cette macabre chronologie. Nous n'allons pas rester ainsi, comme des pantins, à attendre la menace ultime sans tenter de la vaincre.

La jeune femme essuya furtivement une larme qui coulait sur sa joue.

— Que voulez-vous dire, Claude ?

— La seule porte sur laquelle nous devons concentrer nos forces est la dernière, celle qui s'ouvre sur la douzième chambre, car celle-là, mon petit, c'est la nôtre.

— Mais comment faire, Claude ? murmura-t-elle, désemparée.

— Suivez-moi.

Il l'emmena dans la pièce où reposait la stèle dédiée à Benjamin.

— Si cette crypte a bien la forme d'un zodiaque, donc d'un cercle parfait…

Il la plaça devant la paroi de gauche, à l'opposé de la deuxième porte.

— Vous voyez, nous sommes entrés par ici. À droite nous avons réussi à ouvrir la chambre de Nilisanu. Si nous sommes effectivement dans une architecture circulaire, c'est que de l'autre côté de ce mur…

Il tapa du plat de la main sur la paroi.

— …se trouve la douzième chambre. La nôtre, Maya.

— Mais, Claude, vous ne vous rendez pas compte des mots que vous me jetez à la figure. Je suis née un vendredi, le 21 septembre 1979.

Elle éclata en sanglots.

— Je sais bien que cette date coïncide avec vos prévisions. Celui qui mourra vendredi prochain, le douzième jour, sera du signe de la Balance, né au commencement du décan. Et cette victime, c'est moi.

Elle pleurait de toutes ses forces comme pour se libérer des jours passés. De ces tonnes d'acier qu'elle portait sur ses épaules. Le vieil homme la prit dans ses bras, la garda contre lui, caressant doucement sa tête.

— Vous savez, mon ange, je n'ai jamais connu mon véritable état civil. Les événements qui se sont déroulés à Lodz l'année de ma naissance, en 1934, en ont fait disparaître les traces à jamais. Je les ai souvent cherchées, mais en vain. Depuis la découverte de cette crypte, et le message que j'ai reçu, j'ai compris que moi aussi, j'étais né un 21 septembre. J'ai vérifié sur le calendrier. C'était bien un vendredi.

Maya s'était apaisée. Il lui avait donné la force de surmonter son chagrin. Elle enchaîna :

— Pourquoi y aurait-il deux morts ce jour-là ?

— La Balance est un signe double, gouverné par un couple de divinités. Il y aura donc deux sacrifices au même moment : un homme, une femme, pour les Maîtres du Vendredi, sous le règne de Vénus. Et cela se passera ici, de l'autre côté.

Elle regarda la masse de pierre en se disant que sa vie serait ensevelie là, à quelques mètres. Elle fut prise de rage, d'un terrible sentiment d'impuissance. Elle ferma ses poings et frappa la roche à plusieurs reprises. Seul un bruit sourd répondit en écho.

— D'accord, Claude. Perçons ce mur. Faisons-le tomber. Allons reprendre des forces et à l'aube, avec l'équipe, nous le ferons sauter.

Le professeur lui sourit.

— Je préfère vous voir ainsi.

Sixième jour. Samedi. 7 h 10.

Le professeur se réveilla le premier. Il buvait un café à la cantine lorsque Frédéric le rejoignit.

— Je suis content de vous voir seul à seul, dit-il au médecin. Comment cela s'est passé pour le pauvre Jonathan ?

— Pas très bien. J'ai voulu m'occuper du corps. Mais les kabbalistes sont venus. Je les ai sentis assez hostiles. Ils voulaient voir Zoltan, le questionner.

— Que voulaient-ils savoir ?

— Je ne sais pas, professeur. Je crois qu'ils remettaient en cause le fait que ce soit un accident. Ils ont l'air de penser que c'était un acte délibéré.

Jonathan avait reçu des menaces. Ils voulaient également parler à Pierre, mais on ne l'a pas trouvé. Ils étaient agressifs.

— Ils ne nous ont pas accusés, tout de même ?

— Pas vraiment. Finalement ils ont emporté le corps. J'ai essayé de les en dissuader en leur disant que ce n'était pas légal. Mais ils n'ont rien voulu entendre. J'ai prévenu les autorités.

— Et pour Simon ? Toujours pas de résultat ?

— Si. C'est un empoisonnement.

— Une intoxication alimentaire ?

— Non. Nous serions tous morts. C'est criminel.

— Quoi, Frédéric, vous voulez dire que quelqu'un…

— Attendez. J'ai beaucoup réfléchi ces dernières heures. Je voudrais vous poser une question.

— Allez-y.

— C'est délicat. Ne me prenez pas pour un fou. Mais y a-t-il une sorte de malédiction qui se serait enclenchée lors de la mise au jour de la crypte ?

— Frédéric, je connais votre esprit rationnel. Si vous me demandez cela, c'est que vous avez deviné des choses. Que savez-vous ?

— J'entends ce qui se murmure au sein de l'équipe. J'en ai parlé avec Pierre. Et puis il y a des phénomènes étranges autour de la mort de Simon et de Jonathan.

— Continuez.

— J'ai cru comprendre qu'un petit garçon était mort noyé. Qu'un homme avait perdu la vie, le lendemain, à Londres, la carotide sectionnée par un pare-brise. Le troisième fut Simon. Le quatrième, ce professeur mort à Tel-Aviv, les jambes brisées, je l'ai entendu à la radio. Le cinquième fut Jonathan, écrasé, sectionné en deux par les roues du véhicule de Zoltan.

— Et alors, Frédéric, qu'en déduisez-vous ?

— Professeur, depuis que je travaille à vos côtés, j'ai étudié tout ce qui se rapporte à la médecine des Chaldéens. J'ai approfondi ces croyances. Ils associaient chaque signe astrologique à une partie du corps. Si ce que je viens de vous dire se confirme, chaque façon de mourir suivrait ce découpage. Le premier serait mort des poumons par noyade, sous le signe du Cancer. Le deuxième, de la tête, qui correspond au Bélier. Le troisième, touché au ventre, sous l'égide de la Vierge. Le quatrième, les jambes brisées sous le Verseau. Le cinquième empalé par le Taureau.

Le professeur était admiratif. Frédéric poursuivit :

— Et aujourd'hui, si mon raisonnement est juste, la victime devrait être Poisson, dernier signe lié à une partie du corps humain, les chevilles ou les pieds.

— Mon cher, vous êtes d'une intelligence qui comme chaque fois me rappelle la chance que j'ai de vous avoir à mes côtés. Hélas, en ce qui concerne la dernière victime, c'est fait. Mais on ne sait pas encore de quelle manière il a perdu la vie.

— Il y a eu un autre décès ?

— Oui, Frédéric. Votre analyse se vérifie, nous sommes bien face à une malédiction qui répond au schéma chaldéen des douze signes du zodiaque. Notre problème, aujourd'hui, est de sauver les prochains. Nous savons déjà que Maya et moi sommes les derniers. À propos, maintenant que vous avez tout compris, je peux vous dire que votre date de naissance vous met à l'abri.

— Ça, je le savais, Dieu merci. Mais s'il le fallait, je donnerais ma vie pour sauver la vôtre.

Sixième jour. Samedi. 8 h 00.

Ils furent interrompus par l'arrivée de Pierre. Claude lui dit de se joindre à eux. Le professeur leur annonça son intention d'abattre le mur séparant la première chambre de la douzième.

— Ça n'a pas l'air de vous surprendre, Pierre.

— Claude, nous n'avons pas eu beaucoup de

temps pour nous expliquer ; mais je crois lire dans vos pensées.

— Je ne peux pas en dire autant, murmura Friedmann.

— Arrêtez de me soupçonner ! Je peux tout vous dire. J'en ai d'ailleurs parlé à Frédéric. Si nous sommes confrontés à une malédiction ancestrale pour avoir profané une sépulture mésopotamienne, il est trop tard pour revenir en arrière. Nous devrions, au contraire, prendre les devants.

— Avez-vous entendu parler des Fondamentalistes ?

— Oui, Claude. Je sais qu'à l'ambassade des États-Unis, on est particulièrement attentif à cette mouvance, comme aux kabbalistes. Les deux groupes semblent s'agiter autour de nos recherches, essayant, chacun, d'en tirer parti, prêts à utiliser certaines révélations pour nuire au processus de paix, auquel ils sont également hostiles. Mais je reste convaincu que notre... votre problème est d'une tout autre nature.

— En effet, vous ne risquez rien, vous, puisque votre date de naissance vous protège.

— Est-ce véritablement une menace sérieuse ? Ne pensez-vous pas qu'il s'agit d'autre chose ?

— À quoi pensez-vous, Pierre ?

— J'ai parlé avec les kabbalistes. Ils sont persuadés d'avoir décrypté des secrets fondamentaux concernant la Bible, qui seraient enfouis quelque part sur le site. Ils craignent plus que tout la colère de Yahvé s'ils venaient à être déterrés. Ne pensez-vous pas que leur terreur peut avoir un rapport direct avec ce qui se passe ici ?

— De quelle façon ?

— Il y aurait d'un côté la malédiction du zodiaque, proférée il y a vingt-six siècles par des mages chaldéens, couvrant de maléfices ceux qui viendraient dévoiler le secret des douze dieux, et de l'autre la colère de Yahvé.

— Et sur qui pèseraient toutes ces joyeuses prédictions ? l'interrompit Maya, qui venait de les rejoindre.

Pierre sursauta.

— Vous m'avez fait peur. Je ne vous ai pas entendue arriver. Je ne sais pas, moi. Sur ceux qui voudraient en percer les mystères inviolables.

— Mais, Pierre, pourquoi voudraient-ils nous détruire ?

— Les maîtres kabbalistes pensent que lorsque vous avez rencontré Finkelstein, il vous a livré des informations inédites.

— Eh bien, vous en savez des choses. Vos amis

ne sont-ils pas un peu paranoïaques ?

— La mort de Jonathan n'a rien arrangé, Maya. Quant à vos réflexions… Il faut bien que je me tienne au courant, ici tout se passe dans mon dos.

— Allez, calmez-vous, intervint Frédéric. Ils voulaient vous parler, Pierre. Je vous ai cherché, mais…

— J'étais avec Mansour, leur Grand Maître. C'est lui qui m'a tout raconté.

— Il s'appelle Mansour ? Il est égyptien ? s'étonna Claude.

— Oui. Par son père.

Le professeur réunit l'équipe. Il exposa son projet : percer ce mur afin de passer dans la douzième chambre. Friedmann avait conscience que cette demande était contraire à leur déontologie. Ils s'appliquaient à la restauration des ruines, des temples, non à leur destruction. Il leur expliqua les raisons de ce geste, l'importance de son enjeu. Ils semblaient prêts. Le temps courait. Tous descendirent dans la crypte et attaquèrent la paroi au burin. La brique était friable, la poussière volait. Ils avançaient avec précaution. Rajan, qui travaillait à la gauche du mur, s'écria :

— Venez voir. Je n'arrive plus à progresser. Il y a, derrière, une matière qui résiste.

— J'ai le même problème, dit Karl. Le jeune assistant était arrivé l'avant-veille pour remplacer Simon.

— Insistez ! leur ordonna Claude. Il faut déblayer cette première couche d'argile.

Au bout d'une demi-heure, ils se trouvaient devant un mur noir aux reflets métalliques. Toute la surface était gravée d'inscriptions, de fresques qui scintillaient. Ils restaient silencieux, stupéfaits. L'écriture ne ressemblait à rien de ce qu'ils connaissaient. Ils étaient pétrifiés. Submergés par l'émotion. Ils semblaient avoir trouvé leur Graal.

Friedmann passait sa torche sur la roche de gauche à droite, de haut en bas, s'éloignant pour mieux en admirer la splendeur. Il prononça ces mots :

— On dirait une forme d'écriture archaïque intermédiaire entre le hiéroglyphe, l'alphabet cunéiforme et les lettres hébraïques, comme si nous étions devant une matrice qui à elle seule aurait produit toutes ces langues. C'est incroyable. Regardez ces lettres bâtons qui semblent former des chiffres traversant les siècles.

— Une sorte d'écriture première, dit Pierre. Une civilisation engloutie, qui aurait donné naissance à celles que nous connaissons. Je n'ai jamais rien vu de semblable.

— Maya, qu'en pensez-vous ? demanda Claude.

— C'est irréel. On dirait une mise en scène qu'un décorateur de génie aurait conçue, un fantasme absolu d'archéologue. Souvenez-vous de la Bible :

Et Yahvé dit : «Voici que tous font un seul peuple et parlent une seule langue, et tel est le début de leur entreprise ! Confondons leur langage pour qu'ils ne s'entendent plus les uns les autres. » Yahvé les dispersa de là sur toute la face de la terre et ils cessèrent de bâtir la ville. Aussi la nomma-t-on Babel, car c'est là que Yahvé confondit les langages de tous les habitants de la terre, et c'est là qu'il les dispersa sur toute la face de la terre.

— Bravo ! s'exclama Friedmann. Quelle mémoire ! Néanmoins, je ne crois pas à la réalité de ce mur. Il a été conçu pour nous empêcher d'avancer.

Il les regardait tous.

— Vous ne comprenez pas ?

Visiblement, personne ne le suivait. Pour eux, l'édifice était là depuis le commencement, et ces inscriptions représentaient une découverte inestimable pour l'histoire. Chacun posa ses instruments à terre, regardant le professeur comme s'il était saisi par la démence. Claude les sentait se dérober. Ils formaient un bloc trop lourd à soulever. Malgré son enthousiasme, ses certitudes, plus rien ne leur donnait l'impulsion nécessaire. Ils ne toucheraient pas à cette paroi. Il tenta un ultime argument :

— Et quand bien même ce mur serait authentique, c'est la vie de Maya et la mienne qui sont en jeu. Vous seriez prêts, pour sauvegarder cette ruine, à nous laisser périr ? Réfléchissez ! Notre vie vaut bien un trésor.

Chacune de ses paroles creusait davantage le fossé entre eux. Le pacte était rompu. La confiance faisait place à la désillusion.

Pierre confirma ce sentiment :

— De toute façon, si nous vous obéissons, et que nous le cassons… eh bien quoi ? Nous entrerions dans la douzième chambre, censée être votre sépulture. Et alors… vous seriez sauvés ! Tout est bien qui finit bien. Mais qui dit qu'à cette seconde vous ne serez pas foudroyés ?

Frédéric renchérit :

— Pardon, mais je rejoins Pierre sur ses conclusions. Pourquoi se jeter ainsi dans les ténèbres, alors qu'il reste six jours pour réfléchir, peser, analyser, comprendre ce mécanisme ?

Friedmann se tourna vers Maya :

— Et vous, qu'avez-vous à leur dire ?

— Claude, je crois qu'ils ont raison. C'est une grave décision et l'issue est incertaine. Si nous sommes face à des forces telles que vous les imaginez, nous pourrions en effet mourir prématurément en ouvrant la douzième chambre. Pourquoi ne pas plutôt utiliser le temps qui nous reste et repousser l'ultime confrontation ?

Le professeur laissa tomber sa torche et remonta seul, la tête enfoncée dans les épaules.

Sixième jour. Samedi. 10 h 10.

À l'instant où Claude retrouvait la lumière, Edward descendait de sa voiture. Il se dirigea vers le professeur. Le vieil homme lui serra les mains. Le diplomate sentit son désarroi.

— Que se passe-t-il ?

— Je suis content de vous voir. Ne faites pas attention. C'est l'âge. J'ai parfois de petits moments de découragement. Venez. Je voudrais vous montrer quelque chose, puis nous descendrons dans le sanctuaire.

Ils s'installèrent à la table du professeur, qui lui expliqua la situation à l'aide de ses schémas.

— Vous voyez, Edward, si nous parvenions à abattre cette partie, nous entrerions dans la douzième cavité, et là, peut-être…

— Je comprends, professeur, que c'est aussi dans mon intérêt. Parce que si je suis bien vos calculs, étant né un jeudi 21 novembre sous le signe du Sagittaire, et ayant reçu un message similaire, il me reste cinq jours…

— Mais Maya ne m'en a rien dit !

— Je ne lui en ai pas parlé. Je ne voulais pas l'inquiéter davantage.

— Vous êtes un peu amoureux d'elle, n'est-ce pas ?

— Pourrait-il en être autrement, cher professeur ?

— Bon ! Eh bien, votre sort me semble scellé comme le nôtre, Edward. Nous sommes dans la même felouque.

— Nous n'avons pas le choix : il faut suivre ce plan et percer le mur.

— C'est ce que nous avons commencé à faire ce matin. Mais, après avoir dégagé une première couche friable, nous sommes tombés sur un bloc de matière inconnue.

— Ne peut-on pas l'abattre ?

— Nous en étions là au moment de votre arrivée. Sur cette paroi sont gravées des inscriptions tout à fait extraordinaires, telles qu'aucun d'entre nous n'aurait pu rêver d'en voir un jour. Si elles sont authentiques, c'est sans doute la trace la plus ancienne de notre civilisation. L'équipe, sous le choc, a refusé d'y toucher. C'est pour cela que vous m'avez vu découragé.

— Vous renoncez donc à pénétrer dans la douzième chambre ?

— Il faudrait engager des travaux gigantesques pour le préserver. Nous n'avons pas le temps.

— Puis-je revoir votre schéma, professeur ?

— Pourquoi ? Vous voulez devenir archéologue ?

— Je préfère vous voir sourire ainsi. Non, je veux juste chercher à comprendre. D'ailleurs j'ai, moi aussi, un croquis à vous montrer, qui m'a été communiqué confidentiellement. Il était dans le portefeuille de Finkelstein quand on l'a trouvé mort. Grâce à un inspecteur, j'en ai obtenu une photocopie.

Il sortit une feuille de sa poche et la tendit à Claude. Un anneau y était dessiné au crayon, entouré de signes, au centre duquel un cercle plus petit avait été tracé, autour de la lettre J en majuscule. En bas à droite, une date : 1995.

— Qu'en pensez-vous ?

— Finkelstein avait ça sur lui ?

— Apparemment.

— Il aurait donc eu l'idée, il y a dix ans, de ce que nous venons de découvrir.

— Mais, professeur, que signifie ce cercle avec la lettre J ?

— Cela peut vouloir dire que l'hypothèse de Maya est juste.

— Comment ça ?

— Eh bien, il y aurait au centre du dispositif une treizième salle.

— Alors professeur, il y aurait un treizième jour, un treizième mort dont le nom commencerait par J ?

— Non, Edward, cette pièce ronde serait le tombeau de Josias.

— Le roi dont les Fondamentalistes prétendent qu'il fut le commanditaire de la Bible ? Il serait là, enterré sous nos pieds ?

— C'est bien possible, lui répondit Claude.

Cette perspective remettait en cause toute la théorie de Friedmann. L'anneau formant le schéma des chambres funéraires ne serait là que pour protéger la tombe de Josias. Mais pourquoi les prêtres chaldéens auraient-ils ainsi défendu la sépulture du monarque qui avait détruit leurs idoles ? Qu'y avait-il d'autre, enfoui à ses côtés, qu'il fallait à ce point protéger ?

— Edward, les choses semblent claires à présent. Nous devons creuser un chemin souterrain pour y accéder. Là se trouve certainement la clef.

Sixième jour. Samedi. 12 h 00.

Le corps de Jonathan était allongé sur une planche posée sur des tréteaux, dans la salle du conseil de l'école kabbaliste. Il avait été recouvert d'un drap blanc. Mansour avait prié avec ses frères auprès du défunt. Ils étaient maintenant assis autour de la table. Il y eut un long silence et le Grand Maître s'adressa à l'assemblée :

— La mort de Jonathan, nous le savons, n'est pas un accident. Il est leur victime. Récitons ici les versets de Jérémie : *Mais toi, Yahvé, tu connais leurs desseins meurtriers contre moi, ne pardonne pas leurs fautes, n'efface pas leurs péchés devant toi, qu'ils s'effondrent devant toi, au temps de la colère, agis contre eux !*

Mansour releva la tête.

— Mes amis, nous devons appliquer la règle, aussi douloureuse soit-elle en ce jour. Il est de notre devoir de faire entrer ici l'élève de Jonathan, celui qui portera son nom.

Un jeune garçon s'avança. Mansour le prit par les épaules, lui indiqua sa place au milieu d'eux, en lui disant ceci :

— Ainsi, tu es Jonathan, l'héritier des secrets enseignés par ton maître. Par ta présence, par ton pacte scellé, tu t'engages à former le disciple qui te succédera au jour de ton trépas. Afin qu'à l'ultime journée, la prophétie s'accomplisse.

— Je m'y engage, murmura le jeune homme.

Puis Mansour lut des versets d'Isaïe :

La terre est en deuil, elle dépérit,
Le monde s'étiole, il dépérit,
La terre est profanée sous les pieds de ses habitants,
Car ils ont transgressé les lois
Violé les décrets
Rompu l'alliance éternelle
C'est pourquoi la malédiction a dévoré la terre,
Et ses habitants en subissent la peine,
C'est pourquoi les habitants de la terre
Ont été consumés.
Il ne reste que peu d'hommes.

L'intronisation du novice se poursuivit. Tous récitèrent des textes sacrés. Puis Mansour prononça les paroles rituelles de clôture de cette cérémonie :

— Que Jonathan réserve la connaissance véridique et le juste droit à ceux qui entreront sur le sentier initiatique, chacun selon son esprit, selon le moment déterminé du temps qui les guidera dans la connaissance et les instruira des mystères merveilleux de la vérité, au milieu des membres de la communauté, pour qu'ils marchent dans le chemin de la perfection, l'un après l'autre, en tout ce qui leur aura été révélé. Car avant de naître les hommes appartiennent soit au lot de la lumière, soit au lot des ténèbres.

Lorsqu'il eut fini, Mansour demanda que s'ouvrît une séance extraordinaire du Haut Conseil.

Chacun évoqua ce qu'il avait appris sur les circonstances de la mort de Jonathan. Les uns avaient entendu parler d'étranges messages. Les autres pensaient que la communauté était surveillée par les autorités, qu'elles les soupçonnaient, les accusant de vouloir entraver les recherches des archéologues pour intervenir dans le processus de paix.

— Ce ne sont que des rumeurs, déclara Mansour, nous devons reprendre l'étude dans le seul but de révéler ce qui doit sortir dans la lumière et de garder caché ce qui doit demeurer dans les ténèbres.

Puis il s'adressa à Jonathan :

— Tu es encore une âme fragile pour assumer cette lourde tâche. Mais nous n'avons pas le choix. Tu as été formé aux savoirs de l'archéologie. Il te faudra, dès demain, rencontrer l'équipe travaillant sur le site de Megiddo, et connaître leurs avancées. Tu reviendras nous en informer. Nous déciderons alors ce qu'il convient de faire.

Les hommes se dispersèrent. Le Grand Maître parla seul avec Jonathan, lui donnant quelques conseils pour l'aider à accomplir sa mission.

— Tâche de rencontrer le bras droit du professeur Friedmann. Il s'appelle Pierre Grün. Dis-lui que tu es le nouvel élu, que c'est moi qui t'envoie. Demande aussi à parler à Maya. Vous devez avoir le même âge. D'après mes renseignements, elle a rencontré le professeur Finkelstein juste avant sa mort. Essaie de savoir ce qu'il lui a transmis, ses intentions, ses recherches sur les origines du Livre sacré.

— Maître, je suivrai vos paroles, mais comment faire pour ne pas éveiller leurs soupçons ?

— Nous n'en sommes plus là. Aujourd'hui, tout le monde se méfie, et les temps sont proches. Il faut à tout prix protéger le secret. Va, et laisse ta conscience te guider.

Sixième jour. Samedi. 14 h 15.

À l'ambassade des États-Unis de Tel-Aviv, Laura, l'assistante d'Edward, était affolée. Elle cherchait à joindre le jeune diplomate de toute urgence. Il était introuvable. Son portable était coupé. Elle lui avait laissé cinq messages, il ne l'avait pas rappelée.

Leo Sapersteen, l'ambassadeur, fit irruption dans son bureau.

— Mademoiselle, je ne comprends pas ce qui se passe. Je lui avais demandé d'être joignable à tout moment. C'est intolérable.

— Je sais, monsieur l'ambassadeur, il est parti aux aurores, après sa permanence, sans un mot. Depuis, rien.

— Laura, faites quelque chose, prévenez les services. On me harcèle de toutes parts à propos d'un dossier très urgent. Il faut que je lui parle avant ce soir.

— Bien, monsieur. Que dois-je faire de la journaliste qui attend dans le couloir depuis une heure ?

— Que veut-elle ?

— Elle prépare un reportage sur Megiddo, c'est Olivia de Lambert, la fille de l'ambassadeur de France, qui travaille pour la chaîne culturelle européenne.

— Écoutez, qu'elle aille filmer sur place. Nous n'avons pas de temps à perdre.

— Bien, monsieur.

Sapersteen sortit. Elle laissa un nouveau message à Edward et se dirigea vers la journaliste.

— Je suis désolée, mademoiselle de Lambert, mais Edward Rothsteen est retenu, il ne pourra pas

vous recevoir. Le mieux serait que vous alliez directement là-bas, et que vous le rappeliez dans la
soirée afin de fixer un nouveau rendez-vous.

— Merci. Je vais me débrouiller, répondit
Olivia. Je vous laisse mon numéro. Pouvez-vous
insister auprès de monsieur Rothsteen, pour qu'il
me rappelle dès qu'il aura un moment ?

Laura regarda la jeune femme s'éloigner.

Sixième jour. Samedi. 16 h 00.

Dans le sanctuaire les travaux pour creuser le
tunnel avançaient lentement. Un orifice avait été
percé dans un mur de la première chambre, face à
la porte. L'équipe déblayait la terre avec soin.
Friedmann, muni d'une boussole et d'un plan,
dirigeait les opérations. Selon ses calculs, la paroi
donnant sur la pièce centrale devait se trouver à
dix-huit mètres. Il y eut de légers éboulements.
Pierre était inquiet, nerveux.

— Claude, nous devons faire un cerclage pour
consolider le tunnel. Sinon, nous risquons d'être
ensevelis.

— Bien. Divisez-vous en deux. Allez chercher
des câbles de soutènement. Il doit y avoir suffi-

samment d'acier pour y arriver.

Karl, qui creusait devant, s'écria :

— Professeur, il y a des tablettes, venez voir !

Friedmann approcha le faisceau de sa torche et découvrit des fragments de terre cuite pris dans le sol.

— Ce n'est pas vrai ! s'exclama-t-il. C'est une véritable bibliothèque. On ne s'en sortira jamais. Nous n'arriverons pas à atteindre la pièce centrale par ce tunnel. Il va falloir trouver une autre voie d'accès.

Il prit le premier bloc, remonta à la lumière du jour déclinant afin de le nettoyer, d'en déchiffrer les signes. Pierre, Maya et Edward le rejoignirent. Claude posa le morceau d'argile sur un rocher, à droite du sanctuaire, et commença à lire les inscriptions cunéiformes :

Le premier Vivant est comme un lion
Le deuxième Vivant est comme un jeune taureau
Le troisième Vivant a comme un visage d'homme
Le quatrième Vivant est comme un aigle en plein vol
Les quatre Vivants, portant chacun six ailes,
Sont constellés d'yeux tout autour et en dedans.

Friedmann leva son regard. Maya leur dit :

— C'est impossible, ce sont des versets de l'Apocalypse de Jean.

— Oui, renchérit le professeur, cela ne fait aucun doute. Depuis la découverte des rouleaux de la mer Morte à Qumram, on se doutait que l'exilé de Patmos s'était inspiré de textes anciens, mais ce que nous avons sous les yeux a été gravé quatre siècles avant les Esséniens !

Sixième jour. Samedi. Dans le même temps.

Olivia de Lambert avait rejoint l'ingénieur du son et le régisseur, qui l'attendaient dans la fourgonnette devant l'ambassade. Ils prirent la route de Megiddo.

La journaliste avait obtenu ces moyens de tournage grâce au succès de son précédent document. Après sa diffusion, plusieurs chaînes de télévision dans le monde en avaient acquis les droits.

À trente ans, cette jeune femme ambitieuse et déterminée s'était imposée dans un métier difficile et dangereux. Les jaloux, les envieux de sa réussite disaient qu'elle était soutenue par les puissants réseaux de son père, qui pourtant avait tout fait pour la dissuader de s'intéresser à des domaines où la terreur et la mort régnaient. Mais sa passion était plus forte.

Son premier film avait été conçu à partir d'une longue enquête sur les images diffusées par des sites internet djihadistes. Elle avait appris l'arabe et ses dialectes aux Langues orientales, à Paris.

Selon la jeune femme, les terroristes se servaient de ces nouveaux médias pour étendre leur champ d'action. Le déplacement du conflit de l'Afghanistan vers l'Irak avait été, à travers eux, un nouveau moyen de communiquer. Une multitude de sites s'étaient créés, animés par des groupuscules. Sur les uns, on diffusait des vidéos d'attentats-suicides, sur d'autres des images terrifiantes d'exécutions sommaires.

Au cours de ces derniers mois, elle avait répertorié, analysé tous ces documents, remontant à leurs sources, obtenant des témoignages d'anciens prisonniers jordaniens et des commentaires de nombreux spécialistes de l'islam.

Lorsque son film fut terminé, la chaîne de télévision qui devait le diffuser en avait différé la date, le reportant sans cesse, de semaines en mois. Mais, au vu des événements, des tragédies, il fut enfin programmé. Il reçut des récompenses dans de nombreux pays.

Quelques semaines après, Olivia commença à recevoir sur son téléphone portable des images qui, visiblement, étaient filmées à son intention.

Apparemment, de nouveaux groupes de combattants se créaient, déplaçant leurs moyens de communiquer d'internet vers les portables, s'adressant à des cibles bien précises, comme les journalistes.

Elle en parla au directeur des programmes, qui accepta de produire ce nouveau reportage.

Des dizaines de petits films vidéo arrivaient par ce réseau. Elle en transférait les images sur son ordinateur. Les plus récentes venaient du site d'un groupe non répertorié qui s'était baptisé les Fondamentalistes. Douze hommes, portant chacun des chèches symbolisant les différents courants du Djihad et les lieux de leur combat.

Puis arrivèrent des images de Megiddo où l'on voyait travailler une équipe d'archéologues. Ensuite, des photos représentant l'ambassade des États-Unis et des montages mêlant des terroristes à de faux procès, des plans fixes d'exécution sommaire. Sur l'une d'elles, le visage d'Edward Rothsteen apparut.

Dès lors, Olivia chercha à entrer en contact avec lui. Mais il n'était pas venu à leur rendez-vous.

En chemin, à l'arrière du véhicule, elle visionna sur son ordinateur les dernières images reçues. Les douze Fondamentalistes étaient réunis autour d'un homme, genoux à terre. L'un d'eux récitait des versets du Coran, puis ils soulevèrent l'otage et le pendirent par les pieds. On pouvait lire en arrière-plan, sur le mur, ces mots : « Benassan le traître. »

Il fallait montrer ces images au monde entier, alerter toujours et encore les consciences.

Ils arrivaient dans la plaine de Jezréel lorsqu'un petit bruit sur son portable lui signala un nouveau message. Elle regarda l'image. Elle crut se reconnaître, entourée par les douze hommes.

Sur le mur, rien n'était écrit. Un cercle y avait été dessiné, représentant les signes du zodiaque. On entendait des paroles prononcées à voix basse. Elle essaya d'augmenter le son, mais le bruit du camion sur les cailloux l'empêchait d'entendre. Elle demanda au régisseur de s'arrêter un instant, de couper le moteur.

Seule une phrase était distincte : « Il vous reste vingt-quatre heures. » Olivia ne voulait rien montrer de l'angoisse qui l'étouffait. Elle se demandait si sa peur ne la ferait pas reculer. Mais il était trop tard.

Le véhicule se remit en route. Ils arrivèrent sur le site au moment où Claude, Edward, Maya et Pierre étudiaient la signification de la tablette qu'ils venaient de dégager.

Ils regardaient cette silhouette inconnue avancer dans leur direction.

Elle se présenta, serra la main du professeur, fit un petit signe aux autres. Maya éprouva pour elle une antipathie immédiate. Son aplomb et le regard qu'elle posait sur eux la mettaient mal à l'aise.

Olivia se tourna vers Edward et lui dit en souriant :

— Mais vous êtes monsieur Rothsteen ! C'est incroyable de vous trouver ici. J'arrive de l'ambassade où l'on vient de me dire que vous étiez retenu par un rendez-vous.

— On ne vous a pas menti, lui répondit-il sèchement. Je suis effectivement en réunion. Ça ne se voit pas ?

— Oh pardon, reprit-elle plus timidement. Désolée de vous déranger. Mais il me semble que vous m'aviez accordé une interview à Tel-Aviv à quatorze heures trente aujourd'hui.

Maya fixait le jeune homme, guettant sa réaction. Elle espérait qu'il allait rapidement se débarrasser de cette intruse. Edward croisa le regard de son amie, et répondit un peu gêné :

— C'est exact, mademoiselle de Lambert, je suis désolé. Mais je ne pourrai pas vous voir avant la semaine prochaine. Pourquoi ne pas appeler ma secrétaire pour trouver une autre date ?

— Vous me parlez de cette malheureuse qui vous cherche partout ? enchaîna-t-elle.

Edward avait rougi. On le sentait sur le point de perdre son calme. Il ralluma son portable. Claude intervint.

— Pardonnez-nous, mais vous ne pouvez pas rester ici. Nous sommes en train de travailler, mademoiselle. Pierre, raccompagnez-la.

Le professeur avait dit cela sur un ton qui n'appelait aucune réponse. Pierre se pinça les lèvres et entraîna Olivia sur le chemin de terre. Elle demanda à ses deux techniciens de l'attendre sur le parking.

— Je suis désolé de l'accueil ; mais vous tombez au mauvais moment. On m'avait annoncé votre venue pour demain midi.

— C'est exact, nous ne pensions arriver que dimanche. Je devais mettre en boîte l'interview de monsieur Rothsteen. Mais comme il se dérobe et que le temps m'est compté, j'ai décidé de venir faire des images ici.

— Vous deviez rencontrer Edward aujourd'hui ? Quel rapport a-t-il avec les fouilles de Megiddo ?

— C'est vrai, monsieur Grün, quel rapport, en effet, entre un attaché d'ambassade américain et les travaux du professeur Friedmann ? C'est à moi de vous poser la question.

La jeune femme plaisait à Pierre. Elle l'avait séduit en quelques mots. Il éclata de rire.

— Bon, d'accord. Je vais essayer de vous aider, parce que… parce que vous êtes charmante et brune.

Enfin, vous êtes ravissante. Je peux vous appeler Olivia ?

— Oui, Pierre, lui dit-elle en baissant le regard.

— Je me demandais ce qui vous avait conduit, après votre film sur les mouvements islamistes, à venir faire un reportage sur nos recherches archéologiques. Je sais bien que vous travaillez pour une chaîne culturelle, mais enfin…

— Pierre, je crois que je peux tout vous dire. Je suis une piste qui prolonge mon enquête sur le Djihad.

— Quel rapport avec nous ?

— Je fais des investigations sur l'émergence de nouvelles formes de terrorisme, et cela m'a conduit ici.

— Comment ? murmura Pierre.

— Je reçois des messages. Regardez.

Elle lui tendit son portable. Il vit les images se succéder. Le grain, les couleurs dégageaient quelque chose d'irréel. Le régisseur avait souvent vu des vidéos retransmises sur le net, montrant des exécutions d'otages. Cela y ressemblait, tout en étant différent. Il ne savait plus quoi penser.

— Olivia, je n'arrive pas à comprendre ce qu'ils disent.

— Ils disent : « Il vous reste vingt-quatre heures. »

Pierre pâlit.

— Et quand l'avez-vous reçu ?

— En début d'après-midi.

Sixième jour. Samedi. 19 h 00.

Edward rappela Laura à l'ambassade. Leo Sapersteen avait besoin de lui. Il partit précipitamment pour Tel-Aviv, laissant Maya triste et inquiète. Friedmann avait demandé qu'on ne le dérange pas et s'était retiré sous sa tente. Pierre bavardait toujours avec Olivia.

Maya avait besoin de marcher. Elle longea les fortifications, passa devant la célèbre porte en triple tenaille qui ferme l'entrée de la cité. Arrivée au bord du tertre, elle contempla la vallée de Jezréel éclairée par la lumière rouge du soleil disparaissant. Elle pensait au déclin du Royaume du Nord, à Israël. À Jéroboam, Omri, Achade et Jézabel, injustement traités par le Livre des Rois.

Quelle haine tenace fallait-il pour réécrire ainsi l'histoire des Omrides, qui furent les maîtres de Megiddo, en ne retenant que la faute d'adorer le Veau d'Or au temple de Béthel, de se consacrer au culte de Baal, pour justifier la fin d'Israël dans le chaos, et l'avènement du Royaume de Judée et de Jérusalem.

Aujourd'hui le fanatisme poursuivait son chemin à travers la folie des intégristes, ce besoin absolu de n'adorer qu'un seul dieu. La jeune femme pensait à l'islam, à cette dévotion sans faille, conduisant des hommes de tous âges, venus de tous les horizons, à se détruire, seuls, face à un monde qui les rejette et ne leur offre qu'une vie médiocre, sans identité, face à une civilisation de consommation, de mensonge. Elle pensait à ces jeunes gens attendant par centaines la reconnaissance et l'honneur de mourir au nom du Djihad, d'offrir leur vie à ce Dieu exclusif, ordonnant leur sacrifice.

Ici, à Megiddo, une civilisation faite de tolérance, de présents, de richesses avait existé. La nature y était sereine, entre le désert aride et la Méditerranée. Tout y avait transité, les marchandises précieuses, mais aussi les armées, les affrontements entre l'Égypte et Babylone. C'est là, dans ce lieu, qu'adviendra, selon la tradition, l'instant ultime, celui de l'Harmaguédon, de l'Apocalypse.

« Et voilà, se dit-elle, nous y sommes. »

Ces messages égrenant le compte à rebours de sa vie n'étaient-ils pas destinés à l'humanité tout entière ? « Il vous reste douze jours. » Nous étions samedi, et vendredi prochain quelque chose d'irrémédiable allait se produire. Serait-ce la découverte du tombeau de Josias, entouré des tablettes de l'Apocalypse, première écriture des mages ? La malédiction du zodiaque qui se déroulerait, emportant ses victimes d'une manière implacable ? La rencontre des kabbalistes et des Fondamentalistes ? L'événement du douzième jour dépasserait leur seul destin.

Le soleil avait disparu. La plaine de Jezréel était sombre, les étoiles accrochées à la voûte céleste. Maya regardait ces constellations. Détenaient-elles les secrets de leur avenir ? Dans ce fragment d'univers, les astres, sans doute, possédaient la réponse. Une étoile filante traversa le ciel. Elle fit un vœu.

Lorsqu'elle se dirigea vers le campement, elle vit la journaliste et son équipe filmant avec une caméra infrarouge. Maya alla chercher Pierre.

— Il me semble que Claude avait été clair à propos de ces gens. Il n'est pas question de les laisser filmer.

— Mais je ne comprends pas, je pensais qu'ils étaient partis et ne reviendraient que la semaine prochaine.

— Je ne sais pas ce que cette fille vous a raconté, mais en attendant, ils sont toujours là et il n'y a personne pour les surveiller.

Pierre bondit de son siège, se dirigea vers la

journaliste. Ils eurent un échange assez vif. Les techniciens rangèrent leur matériel et l'équipe quitta le site précipitamment.

— Je pense qu'on n'est pas près de les revoir. Leur culot est invraisemblable.

Maya hocha la tête et rejoignit le professeur.

— Avez-vous trouvé une autre voie d'accès ? lui demanda-t-elle.

— Je ne vois qu'une solution.

Il lui tendit un nouveau plan.

— Il faut essayer d'atteindre la pièce centrale en passant par le haut, creuser un trou à la verticale, et pénétrer par le plafond.

— Il faut tout tenter, Claude.

— Faites venir les garçons. Je vais leur expliquer.

Il fallait sonder à une dizaine de mètres, créer une sorte de puits étroit permettant le passage d'une personne grâce à une échelle de corde.

Claude demanda à Maya de les laisser.

— Allez dormir quelques heures. Nous travaillerons toute la nuit. Vous serez plus utile ensuite.

Peu de temps après, la jeune femme fut réveillée en sursaut par la sonnerie répétée de son téléphone. Elle le prit et vit apparaître des images fixes. Les visages de Benjamin, Neil, Simon, Finkelstein, Jonathan et Benassan apparurent les uns après les autres devant un mur rongé par l'oxydation. Aucun texte n'accompagnait ces visions macabres. Soudain, le noir envahit l'écran, puis les traits d'Olivia s'imprimèrent peu à peu.

Elle regarda sa montre. Il était deux heures du matin. Dimanche. La journaliste était peut-être déjà morte. Le cœur de Maya battait à rompre. La sueur ruisselait le long de son dos, sur ses tempes. Elle fut prise de violentes nausées, sortit pour respirer, les spasmes qui la secouaient la firent tomber à terre ; elle perdit connaissance.

Elle marchait épuisée dans un désert de dunes, avançant à pas lents, s'enfonçant dans le sable blanc. Devant elle un homme apparut. Il se tenait là, immobile, vêtu d'un caftan aux couleurs bleues du ciel, ses longs cheveux argent brillaient dans la lumière.

Il s'agenouilla, leva les bras vers le soleil brûlant et prononça ces mots :

Et vous qui connaissez le nombre de nos cheveux, est-ce que vous ignorez celui de vos étoiles ?

Tout l'espace est rempli des bases de votre géométrie, il est occupé avec un calcul éclatant pareil aux computations de l'apocalypse.

Vous avez posé chaque astre miliaire en son point, pareil aux lampes d'or qui gardent votre sépulture à Jérusalem...

Maintenant je peux dire… Vous n'êtes plus, ô terreur de la nuit !

Il restait ainsi, les bras tendus vers le ciel, et son corps disparut dans le sable. Maya tourna les yeux vers l'horizon et vit une forme se dessiner. Elle ne la distinguait pas, comme si toutes ses visions réunies se chevauchaient, tel un kaléidoscope en mouvement. Elle dit :

— Qui êtes-vous ?

Un souffle lui répondit :

— Tu sais qui je suis, mais tu oses m'affronter. Renonce à tes désirs, à ton projet insensé. Alors, je te sauverai.

Maya ouvrit les yeux, tremblant de froid, seule, étendue.

Elle se releva, percluse de douleurs. L'aube humide laissait entrevoir le début du jour. Elle s'enveloppa dans une couverture et se dirigea vers le réfectoire. Tous étaient là, visiblement harassés, autour de Claude et Pierre penchés sur un plan.

— Ah, Maya, venez, lui dit le professeur, l'entraînant à l'écart. C'est incompréhensible, rien, nous ne trouvons rien. Nous avons déjà dépassé de trois mètres l'emplacement supposé de la pièce centrale, et il n'y a que du vide.

— Il n'y a rien… répéta Maya. Nous nous sommes

trompés. Le sanctuaire en forme de zodiaque n'est là que pour ensevelir les douze morts. Il ne cache pas le tombeau de Josias. Le cercle n'est que la ceinture protégeant les tablettes de la première Apocalypse.

— C'est probable, lui répondit-il. À moins que la tombe de Josias ne soit pas sur le même plan que les autres chambres, qu'elle ne soit enterrée plus profondément.

— Mais combien de temps devrons-nous creuser ainsi ? J'ai reçu, sur l'écran de mon portable, les images du visage des morts. Le septième était celui d'Olivia de Lambert. Claude, nous n'avons plus le temps. Et puis, j'ai eu un malaise. Des visions.

— Olivia serait morte ! s'écria Pierre, qui les avait suivis.

— Je ne sais pas. Essayez de la joindre. Je dis simplement que des gens sont apparus sur l'écran de mon téléphone. Et qu'elle en faisait partie.

— Quelles visions avez-vous eues ? demanda Claude.

— Je marchais dans un désert. Un mage récitait une ode. Ses paroles ne m'étaient pas inconnues, il me semblait en connaître les stances. Et puis, il a disparu. Englouti par le sable. Et je me suis retrouvée seule, face à…

— Qui était-ce, Maya ?

— Je l'ignore. Une entité qui me demandait de renoncer à mes recherches, me promettant la vie sauve en échange. Claude, je crois qu'il faut que je m'arrête là. Tout ici n'est que mort, malédiction, à cause de ce projet dément : découvrir la tombe secrète de Josias, dévoiler les origines de la Bible. Si je renonce, peut-être serons-nous sauvés.

Le professeur avait soudain baissé la tête.

— Maya, que se passe-t-il ? Où êtes-vous ? Je ne vous reconnais plus. Abandonner est impossible désormais. Si nous n'avançons pas, nous sommes perdus.

— Comprenez-moi. J'ai peur. Je suis terrorisée. Si mes visions ne sont pas des fantasmagories, si nous sommes réellement confrontés au divin, ce message représente un dernier avertissement. Ce qui se dresse devant nous ne serait ni les kabbalistes, ni les Fondamentalistes. Ce serait le Maître du ciel.

— Prenez garde, Maya, vous perdez la raison.

L'inquiétude avait envahi le visage de Claude. Elle tenta de se ressaisir.

— Bien professeur, qu'attendez-vous de moi ?

— Il faut continuer. Vérifier l'hypothèse que le tombeau de Josias est au centre du cercle. Peut-être en dessous des autres chambres. Voir si la septième porte s'est ouverte pour Olivia de Lambert. Il faut tout tenter pour essayer de forcer les cinq restantes. Maya, ne me laissez pas. Ne détruisez pas les espoirs que j'ai mis en vous.

Septième jour. Dimanche. 9 h 30.

Pierre, qui faisait quelques pas au-dehors, vit avancer vers lui un jeune homme dont les traits lui étaient inconnus.

— Bonjour, monsieur, je suis Jonathan, successeur de mon défunt tuteur ; le Grand Maître m'a demandé de vous rencontrer. J'espère ne pas vous importuner.

— Venez, lui répondit Pierre. Ne restons pas ici.

Ils entrèrent dans le réfectoire et s'assirent face à face.

— Comment la disparition de votre Maître a-t-elle été vécue ?

— Nous avons procédé aux rituels. Puis le Haut Conseil s'est réuni.

— Quel est votre point de vue ?

— La communauté pense que c'est un assassinat.

— Jeune homme, vous devez leur dire qu'ils se

trompent. C'est un accident. Un malheureux hasard. Personne ici ne vous est hostile, bien au contraire. Nous avons le plus grand respect pour votre discipline, votre désintéressement.

Jonathan écoutait, serein. Il regardait Pierre avec une concentration rare chez un garçon si jeune.

— Je transmettrai vos paroles à l'assemblée, et je vous en remercie.

— Bien, mais je suppose que si vous êtes ici, c'est dans un but précis.

— Non. Je voulais juste me présenter à vous. J'ai suivi, avant d'être choisi par l'école, une formation archéologique à l'université de Cambridge. Je serai désormais votre interlocuteur si vous éprouviez le besoin de dialoguer avec nous.

— Vous avez connu Serge Finkelstein ?

— Oui, c'est lui qui m'a formé.

— Et que pensez-vous de ses dernières théories ?

— Il fut sans doute l'un des archéologues les plus brillants de sa génération. Peut-être son succès auprès du grand public l'a-t-il empêché d'approfondir davantage ses recherches.

— Que voulez-vous dire ?

— Je pense qu'il aurait dû tenir compte des découvertes primordiales venant des fouilles récentes sur les civilisations mésopotamiennes, plus particulièrement de celles que vous avez menées auprès du professeur Friedmann en Irak. Mais il a fait l'impasse, il était trop pressé.

Pierre sourit de satisfaction.

— Vos propos me semblent d'une grande justesse. Mais n'êtes-vous pas surpris par notre présence à Megiddo, après tant d'années passées en Irak ?

— Non, pourquoi les Chaldéens n'auraient-ils pas laissé de traces ici, au moment où ils dominaient le monde ?

Pierre regardait le jeune homme avec un léger sentiment de doute. Ce discours était inhabituel chez un kabbaliste.

— Je suis étonné. Ce que vous dites ne ressemble pas aux inquiétudes de votre regretté Maître.

— Je pense qu'autre chose le préoccupait.

— Mais quoi ?

— Ma communauté considère que votre équipe n'est pas… comment dire ? homogène. Qu'il s'y trouve peut-être certaines personnes qui n'ont pas le même objectif que le professeur Friedmann.

— C'est à moi que vous pensez ?

— Bien sûr que non. Vous êtes son fidèle compagnon. Cela n'aurait aucun sens.

— Alors, je ne vois pas.

— En fait, cher monsieur, je vais être franc. Ma

démarche auprès de vous a pour objet de vous demander… Puis-je rencontrer Maya Spencer ? C'est avec elle que je dois m'entretenir.

— Mais vous n'y pensez pas ! C'est impossible. Comment pouvez-vous la soupçonner d'avoir la moindre divergence avec son père spirituel ? Tout ce qu'ils font, ils le décident ensemble. Là, sincèrement, je ne vous suis pas.

— Je comprends votre réaction. Mais nous avons eu des informations qui nous ont alertés.

— Que dites-vous là ? De quoi s'agit-il ?

Pierre était tout à coup fébrile, curieux. Y aurait-il des rumeurs sur un éventuel conflit entre Claude et Maya ?

— Mademoiselle Spencer a rencontré le professeur Finkelstein peu de temps avant sa mort. Ne me demandez pas comment nous le savons. Mais nous supposons qu'il lui a confié quelque chose de fondamental, découvert lors d'une expédition ici, à Megiddo. Il n'en aurait parlé dans aucune de ses publications.

— Quoi ? Jonathan, il aurait trouvé un élément vérifiant ses folles hypothèses ? Et l'aurait transmis à Maya dans le dos de Friedmann ? C'est ça que vous pensez ?

— Oui monsieur, c'est ce que nous croyons.

— Insensé ! C'est hallucinant ! Vous avez raison, vous devez tout de suite rencontrer Maya. Je m'en occupe.

— Monsieur, nous vous en serons toujours reconnaissants.

Septième jour. Dimanche. 11 h 00.

La nouvelle de la disparition brutale d'Olivia de Lambert s'était répandue dans Tel-Aviv, alimentant toutes les conversations. Son véhicule, qui roulait en pleine nuit dans une zone dangereuse, avait été touché par une roquette. La jeune femme, frappée de plein fouet, était morte sur le coup. Ses deux coéquipiers avaient été transférés à l'hôpital.

Edward était dans le bureau de Leo Sapersteen.

— Mais que cherchait-elle au juste ? Vous me dites l'avoir rencontrée hier. Avez-vous parlé avec elle ?

— Pas vraiment, monsieur, je l'ai croisée au moment où je partais. Je devais la recevoir demain. Elle voulait faire un reportage sur de nouvelles formes d'action utilisant la transmission d'images sur les portables.

— Je croyais qu'il s'agissait d'un film sur les fouilles de Megiddo pour une chaîne culturelle.

— C'est ce qu'elle m'avait dit. Je ne comprenais d'ailleurs pas pourquoi elle voulait me rencontrer. Mais Pierre Grün, l'assistant du professeur Friedmann, m'a dit qu'elle s'était confiée à lui. Visiblement ce documentaire lui servait de couverture. C'est une curieuse coïncidence, mais son enquête, en réalité, portait sur les Fondamentalistes. Il paraît même qu'elle avait reçu sur son portable des messages qui ressemblaient aux nôtres.

— Et vous pensez que...

— Non, ce ne sont pas leurs méthodes. Je pense qu'il s'agit bien d'un accident. Ils traversaient une zone dans laquelle ils n'auraient pas dû s'engager. Il y a eu des tirs de roquettes. Actuellement personne ne sait de quel côté venait celui qui les a touchés. Ils se rejettent la responsabilité les uns sur les autres. Mais les Fondamentalistes semblent hors de cause.

— Je vois. Edward, expliquez-moi ce qui se passe vraiment à Megiddo. Certaines découvertes risquent-elles d'être utilisées dans un plan de déstabilisation ?

— Il est trop tôt pour le dire. Ce que raconte Friedmann ressemble davantage à des visions ésotériques qu'à des conclusions scientifiques. Rien qui puisse nous servir dans une action raisonnable. Rien en tout cas qui soit de nature à menacer le processus de paix. Il y a bien ce fantasme de découvrir le tombeau de Josias, qui était également, je crois, l'obsession de ce pauvre Finkelstein. Mais pour le moment, c'est du vent.

— Peut-être, mais on l'a quand même retrouvé mort dans son bureau. Ensuite Benassan, et maintenant la petite Lambert. Et cela en peu de temps.

— Vous avez raison, monsieur l'ambassadeur. Nous étudions la possibilité d'un plan qui inclurait ces victimes et d'autres, non encore identifiées.

— Ah bon. Quel serait ce plan ?

— Apparemment, douze morts, un par jour.

— Merci de me tenir au courant, mon cher.

— Je n'osais pas vous en parler, monsieur l'ambassadeur. Cette histoire me semblait trop extravagante. D'ailleurs je ne commence à y croire que depuis hier. C'est pour cette raison que je suis retourné à Megiddo.

— Quel est l'enjeu autour de la tombe de Josias ?

— Des archéologues pensent que ce roi serait le commanditaire de la Bible. Il en aurait confié la rédaction à ceux que l'on appelle les Deutéronomistes, des scribes qui auraient réinventé l'histoire. Ils auraient utilisé des récits anciens empruntés aux diverses civilisations dominantes de l'époque. Leur but aurait été de justifier l'unification du peuple juif autour de Jérusalem après la chute du Royaume du Nord. Ces archéologues détiendraient peut-être les preuves que les règnes de David et Salomon ne seraient que des inventions destinées à légitimer les projets de conquêtes du nouveau royaume.

— Pourquoi pas, même si cela paraît fou. Après tout, la force de la Bible n'est-elle pas de mêler le mythe et l'histoire ? C'est ce qui en a fait la grandeur. Mais qui pourrait tirer parti d'une découverte historique soulignant uniquement la dimension poétique, mystique du Livre sacré ?

— Je suis d'accord. Quand bien même on découvrirait ce tombeau, apportant les preuves matérielles de cette commande, ça ne changerait rien.

— En même temps, Edward, nous devons rester attentifs à ce qui se cache derrière tout cela. D'abord parce que les morts, eux, sont bien réels. Ensuite parce que l'opinion, et à travers elle les médias, est un élément déterminant pour l'avancée des négociations. Les gens sont de plus en plus sensibles à ces questions touchant aux origines de nos croyances, de nos religions. Ils se raccrocheraient à n'importe quoi. Regardez, les sectes sont florissantes. Il serait irresponsable de ne pas tenir compte de l'influence de ces courants. Ils rejoignent d'ailleurs ce qu'Olivia semblait avoir découvert. Ces nouvelles formes de terrorisme dont l'arme principale serait les croyances.

— Souhaitez-vous que je retourne à Megiddo pour en savoir plus ?

L'ambassadeur regarda sa montre.

— Attendez. Il faut absolument que j'appelle Jérôme de Lambert.

Il composa son numéro.

— Jérôme, c'est Leo Sapersteen. Je viens d'apprendre la terrible nouvelle. Je suis avec vous.

La voix de l'ambassadeur de France résonna dans le haut-parleur.

— Votre amitié me réconforte. Je n'arrive pas à réaliser. J'avais un mauvais pressentiment. Son entreprise me paraissait si dangereuse. Je vous en avais fait part l'an dernier. Mais là… Comme ça… Je ne comprends pas. Croyez-vous que… ?

— Non, Jérôme, nous sommes sûrs qu'il s'agit d'un accident. Ce n'était pas elle qui était visée.

— Oui. Je sais. Mais cette nouvelle enquête, plus risquée encore que la précédente…

— Cher ami, je viendrai vous voir demain. Je vous donnerai tous les éléments en notre possession. Embrassez Sophie et dites-lui que je pense à elle.

— Merci, Leo, pour votre soutien.

Sapersteen était ému.

— Edward, vous pouvez y aller. Mais pas avant d'avoir rassemblé tous les éléments sur la mort d'Olivia. Une fois là-bas, tenez-moi informé. Et tâchez d'être rentré demain soir. J'aurai besoin de vous à partir de mardi. Les négociations sur les territoires reprennent.

— Je serai là à huit heures pour la première session.

Septième jour. Dimanche. 15 h 00.

Chacun s'était réfugié dans ses obsessions comme pour mieux oublier la préséance d'un destin tragique. Edward appela Maya pour la prévenir de son retour, elle en fut soulagée.

Pierre n'avait qu'une idée en tête : découvrir ce que Finkelstein avait pu transmettre à Maya. Il fallait organiser l'entrevue avec Jonathan. Frédéric multipliait ses schémas anatomiques. Il voulait comprendre le lien entre les parties du corps et les signes astrologiques. Il espérait ainsi deviner qui seraient les prochaines victimes.

Maya, allongée, le regard fixe, pensait à ses visions. Elle désirait retrouver l'entité qui lui avait parlé dans son rêve.

Le professeur, lui, voulait à tout prix localiser la

treizième chambre. Mais rien n'avançait. L'équipe creusant à la verticale avait largement dépassé la distance prévue par le tracé, mais à la place supposée du tombeau, il n'y avait que poussière. Rajan déblayait le plan horizontal, remontant les tablettes par dizaines. Friedmann les décryptait au fur et à mesure. Il y en avait assez désormais pour qu'une version originelle de l'Apocalypse défilât sous ses yeux. Certaines décrivaient Megiddo, destiné à être le théâtre de la fin des temps, de l'avènement d'un messie. Il n'y avait plus de doute possible. L'Harmaguédon de saint Jean était bien là. Dieu avait convoqué l'humanité aux pieds de cette colline pour accomplir le désastre final.

Friedmann regardait également le croquis de Finkelstein. Le hantait particulièrement le cercle central, où figurait la lettre J, le Yod de l'alphabet hébraïque, qui dans la kabbale désigne la puissance et ce qui sert à l'appliquer, l'existence au cœur du temps, par opposition à l'Aleph qui, lui, est intemporel. Ce J majuscule n'était peut-être pas celui de Josias. Il pouvait simplement indiquer que le cercle l'entourant était inscrit dans la temporalité et non dans l'éternel, représenter la ceinture du zodiaque protégeant les tablettes de la première Apocalypse. Le tombeau de Josias était ailleurs, sans doute. Le

Yod signifiait que la fin des temps s'inscrirait là, au jour et à l'heure dits.

Le professeur arrêta les travaux. Il s'était trompé. Le sanctuaire avait été conçu par des mages chaldéens pour lancer une malédiction sur l'humanité, prévoyant sa disparition. Ces prêtres, ces astronomes avaient jeté un sort au monde terrestre parce que leur pouvoir avait été mis en échec. De nouvelles puissances les avaient contraints à l'exil, à la clandestinité, les jetant dans l'isolement. Ils s'étaient vengés.

Le châtiment réservé aux profanateurs du cercle se répandait maintenant sur la terre.

Friedmann, songeur, n'entendit pas Maya arriver.

— Je vous dérange, Claude, vous étiez en train de travailler.

— Non. Je réfléchissais. Je crois que j'ai compris.

Il lui déroula le cheminement de sa pensée.

— Professeur, vous avez peut-être raison. Puis-je vous poser une question ?

— Bien sûr, Maya. Je vous écoute.

— Je voulais vous demander quelque chose de personnel. Êtes-vous certain de votre date et de votre lieu de naissance ?

— Non. Pas vraiment. Pourquoi ?

— Et connaissez-vous l'origine de votre nom ?

— Quoi, mon nom ? C'est mon nom. Et alors ?

Je n'aime pas en parler. J'ai été retrouvé, âgé de quelques semaines, sans parents, sans famille. Les gens qui m'ont recueilli m'ont appelé ainsi.

— Et le nom de vos parents biologiques ?

— Je ne le connais pas.

— Même le prénom de votre père ? Souvent, dans notre religion, il se transmet au fils.

— Je crois qu'il s'appelait Josué, ou quelque chose comme ça.

Il fallait redescendre sous terre, parcourir le sanctuaire, étudier à nouveau les portes qui s'étaient ouvertes. Ils entrèrent dans la septième chambre et virent inscrit sur le montant le nom OLILU. Au centre de la pièce, la stèle portait celui de la déesse ABU, Maîtresse du Dimanche, régnant sous la domination du Soleil dans la constellation du Lion.

Ce tombeau était bien celui d'Olivia. Plus loin, à droite, se trouvait la huitième porte. Elle s'ouvrirait demain, avant minuit. Les quatre suivantes, dont la douzième, étaient là, à quelques mètres d'eux, mais une distance infranchissable les en séparait.

— J'ai beau être confrontée à cette réalité, je n'arrive pas à croire que dans cinq jours nous ne serons peut-être plus là.

— Face au mystère, comment ne pas être incrédule ? Notre vie est basée sur des faits tangibles. Je vous ai toujours enseigné une science exacte, à partir de dates, d'objets, de monuments. Comment croire que tout ceci est réel, et sans doute inéluctable ?

— Mais, professeur, quand bien même une confrérie de prêtres, de magiciens, aurait réussi à mettre en œuvre, il y a vingt-six siècles, de pareils maléfices, ne peut-on envisager une force capable de les contrer ?

— Maya, ce sont des savoirs oubliés, effacés des pratiques, des enseignements, par le scepticisme. Toute notre histoire est tendue vers le réel, le rationnel. Elle a imposé l'interdiction, l'élimination de ces croyances. Nous les avons rejetées comme symboles du mal, représentant les attributs du diable. En les rayant de nos mémoires, nous en avons perdu les antidotes.

— N'y a-t-il rien d'autre à faire ?

— Comme quoi, ma petite ?

— Si ces hommes ont été vaincus, alors qu'ils dominaient le monde, c'est bien qu'une autre puissance a triomphé.

— À quoi pensez-vous?

— Excusez-moi de revenir à mon rêve, mais cette présence qui m'est apparue proposait une sorte d'échange. Si je renonçais à chercher le tombeau de Josias, elle nous protégerait.

— Mais Maya, c'était un songe. Nos morts, ici, ne sont pas imaginaires, hélas, ni les murs devant nous, les inscriptions.

— Je sais. Mais cette civilisation, avec ses centaines de divinités, a bel et bien été détruite, remplacée par celles qui se réclament d'un seul Dieu. Si nous mettons de côté la folie des hommes, sinistres intermédiaires d'un affrontement entre ces puissances, le divin, lui, se présente comme unique, exigeant, jaloux, et finissant toujours par triompher. Si nous sommes capables d'admettre que douze mages gouvernent les jours sous l'emprise des planètes, pourquoi refuserions-nous l'aide d'un seul, du Dieu souverain, du monarque absolu ?

— C'est un pari sans risque. On peut le résumer ainsi. Mais il se paie quand même d'un lourd tribut.

— Lequel ?

— Abandonner ce que nous cherchons. Mais pour vous, Maya, ce n'est peut-être pas grand-chose.

Le vieil homme était triste. Il se sentait seul. Il aurait tant voulu qu'elle jette sa vie dans l'inconnu au nom de la passion, de l'amour qu'il lui avait transmis. Pourtant, il excusait sa jeunesse. Il fallait tout faire pour la protéger.

— Allez dormir, je crois que vous en avez besoin. Demain, vos pensées, vos désirs seront peut-être différents. Tout ce qui nous arrive est bien difficile à porter.

Maya le serra dans ses bras.

Son sommeil était profond, lorsque, lentement, elle ouvrit les yeux. Avait-elle entendu un bruit ? Depuis combien de temps demeurait-elle ainsi, allongée sur le dos, les bras le long du corps, tel un gisant ? Elle regarda sa montre, il était trois heures du matin.

Ses mains étaient serrées, douloureuses. Une gêne se fit sentir au creux de sa paume droite. Maya déroula un à un ses doigts. Un papier froissé s'y trouvait. Elle se redressa, le déplia et lut.

Quatre lettres hébraïques formaient un tétra-gramme. En haut à gauche un Aleph suivait le 1. En haut à droite la lettre Mem était suivie du chiffre 40. En bas, sur la droite, la lettre Yod et le 10. Et en bas à gauche de nouveau l'Aleph et le chiffre 1. Le total, 52, était inscrit au centre.

Elle fixait ce dessin. C'était son nom écrit en hébreu. Elle le retourna. Deux phrases figuraient au dos :

« MA = Tout ce qui sert à la puissance génératrice

et la manifeste à l'extérieur.

YA = Faculté des choses qui existent en puissance. »

Huitième jour. Lundi. 8 h 15.

Avant de quitter l'ambassade, Edward épluchait la revue de presse afin de compléter son dossier sur la mort d'Olivia. Ce tragique événement avait déclenché une tempête médiatique. On soupçonnait les services secrets américains et israéliens d'être à l'origine de ce qui était présenté comme un assassinat. D'autres hypothèses mettaient en cause des groupes terroristes.

Tous s'interrogeaient sur les raisons pour lesquelles on avait voulu empêcher la journaliste de poursuivre son enquête. Certains évoquaient les fouilles de Megiddo, laissant croire à des révélations. À Paris des manifestations étaient organisées devant l'ambassade américaine.

Le jeune diplomate était inquiet. Il craignait des mouvements incontrôlables. Comment gérer cette crise, tout en apportant de l'aide à Friedmann ? Il fit une copie du dossier et partit rejoindre Maya et le professeur.

Lorsqu'il arriva sur le site, ils étaient réunis. Il

leur lut les titres des journaux.

— C'est épouvantable, s'écria le professeur, nous allons être envahis, submergés ! Je préfère encore avoir affaire aux forces obscures qu'aux journalistes. C'est au-dessus de mes capacités.

— Cher ami, vous savez à quel point j'aime votre humour anglais, mais là je crains que vous n'ayez raison.

— Sérieusement, Edward, comment allons-nous faire ?

— Il faut les canaliser, gagner du temps. L'idéal serait que l'un d'entre vous, ayant suffisamment d'autorité, soit désigné comme interlocuteur unique. Qu'il les reçoive dans un endroit bien précis, pour éviter les débordements, et leur donne le plus d'éléments possible, afin qu'ils aient des choses à raconter.

— Mais nous ne sommes pas attachés de presse, protesta Maya. Nous ne savons pas faire ça, c'est un métier. Vous n'êtes pas à l'ambassade.

Pierre intervint :

— Claude, Edward n'a pas tort. Si nous ne faisons pas ce qu'il dit, nous allons perdre le contrôle.

— Vous avez une idée, Pierre ?

— Écoutez, je veux bien m'en charger avec Karl. Nous allons nous installer au réfectoire et accueillir les journalistes. Établir une liste. Exiger qu'ils portent un badge avec leur photo. Leur remettre un petit dossier expliquant nos recherches. Enfin, ce que l'on veut bien en dire. Peut-être pourrions-nous leur montrer une tablette des versets pour alimenter leurs papiers.

— Il n'en est pas question ! s'indigna Friedmann. D'accord pour les prendre en charge, les surveiller, mais pas un mot sur nos dernières découvertes. Enfin, Pierre, réfléchissez !

— Bien, bien, Claude. Ne vous énervez pas.

Pierre et Karl improvisèrent un point-presse en bordure du site et quadrillèrent les fouilles au moyen d'un ruban jaune, plaçant des flèches pour orienter les visiteurs.

Edward avait vu juste. À midi, ils étaient déjà une trentaine, munis d'appareils photo, de caméras, installés dans la cantine. Pierre tint une conférence de presse. Edward fut soulagé de voir son habileté.

— C'est un miracle, dit-il à Maya. Il s'en sort admirablement.

— C'est vrai. On dirait qu'il a fait ça toute sa vie.

Après avoir terminé son exposé, Pierre demanda :

— Y a-t-il des questions ?

Ce fut un déferlement. Tous se levaient, prenaient la parole en même temps.

— On a trouvé dans la voiture d'Olivia de Lambert

un document vidéo. On y voit des images du site, suivies d'un commentaire qui annonce une découverte majeure, démontrant que la Bible pourrait être une fiction.

Un autre le questionna :

— On parle également de messages reçus sur son portable concernant les morts de ces derniers jours, dont un membre de votre équipe et le professeur Finkelstein. Olivia de Lambert aurait reçu des ordres destinés à empêcher ces révélations. Qu'en pensez-vous ?

Une femme intervint :

— Pouvez-vous nous en dire plus sur la mort de Simon Chevalier, qui travaillait avec vous ? Est-il vrai que l'un d'entre vous a tué, sans le vouloir, un membre de l'école kabbaliste ? Comment ça s'est passé ?

D'autres questions fusèrent :

— On prétend qu'un objet d'une très grande importance a disparu au moment de la mort du professeur Finkelstein.

— Des rumeurs circulent sur un accord entre les ambassades des États-Unis et de France, disant que Sapersteen et le père de la journaliste tuée essaient d'étouffer l'affaire.

— Avez-vous subi des pressions du Mossad pour

stopper vos recherches, et des menaces d'un groupe terroriste qui se ferait appeler les Fondamentalistes ?

Pierre prenait des notes. Fébrile, il avait l'impression que sa tête allait exploser.

Une autre voix s'éleva :

— Connaissez-vous un certain Benassan, dont l'exécution est diffusée sur internet ?

Étourdi sous le feu des questions, il leur demanda de s'interrompre et de reprendre point par point. Il avait compris que l'information flambait. La rumeur envahissait tout. Il n'avait plus qu'une solution. Dire ce qu'il savait tout en protégeant le secret de Friedmann.

Edward et Maya se précipitèrent sous la tente de Claude.

— C'est terrible, professeur. Si vous entendiez ce qu'ils font de nos recherches ! Nous n'avons plus le choix. Nous devons tout geler.

— Je sais, Maya. Tout sera déformé, manipulé. Mais il est trop tard. Les médias ont couru plus vite. Ce que nous dirons sera utilisé pour alimenter les polémiques. Ces enjeux nous dépassent, nous échappent. Il s'agit ici de la folie des hommes, de leurs délires, de leurs passions, de leurs luttes, leurs querelles. De la guerre, Maya, de sa morbidité séculaire. Nous ne sommes qu'un prétexte de plus à tout cela.

— Vous avez cent fois raison, ajouta Edward, ce que vous direz, que vous poursuiviez ou non vos recherches, ne changera rien. Je vous rappelle que cinq jours nous séparent de l'inconnu. Mais ça, ils ne le savent pas.

Huitième jour. Lundi. 16 h 00.

Maya insista auprès de Claude pour qu'il mette un terme au supplice de Pierre. Le professeur entra dans le réfectoire. Il remercia les journalistes de l'intérêt porté à leurs travaux, expliquant qu'il n'avait pas encore de réponses scientifiques sur la tombe de Josias, encore moins sur d'éventuelles révélations à propos des origines de la Bible et sur l'enchaînement fatidique des morts. Il leur annonça qu'il attendait des informations à la fin de la semaine et qu'il les recevrait aussitôt. Le temps pressait, il avait besoin de calme. Cela sembla les satisfaire. Ils se retirèrent dans le silence. Pierre était exténué. Il remercia le professeur d'être venu à son secours.

— J'espère que je n'en ai pas trop dit. Vous savez, Claude, ils ont une façon insidieuse de poser des questions.

— Ne vous inquiétez pas. De toute façon, ils écriront ce qu'ils voudront.

Pierre aperçut au fond de la salle un jeune homme qui n'avait pas bougé. Il s'approcha et reconnut Jonathan. Il se tourna vers Maya.

— Je suis désolé de vous demander ça aujourd'hui. Je crois qu'il est indispensable que vous rencontriez ce garçon. C'est le successeur de Jonathan. Il souhaite absolument vous parler. Finkelstein a été son professeur.

Maya le regarda avec curiosité.

Pierre fit les présentations. Elle lui proposa de sortir.

— Je suis heureuse de vous rencontrer, Jonathan. Je voulais vous dire que l'accident dont a été victime votre Maître nous a tous désolés.

— Je vous en remercie. Je suis touché que vous ayez si gentiment accepté de me consacrer un peu de votre temps dans cette période difficile.

— De quoi vouliez-vous me parler ?

— Je vais vous répondre franchement. Nous savons que vous avez rencontré Finkelstein quelques instants avant sa mort. Nous avons cru comprendre, en lisant ses ouvrages, qu'il aurait fait une importante découverte lors de ses fouilles ici. Cela n'est écrit nulle part. C'est juste une supposition. Vous savez que nous consacrons nos vies à l'interprétation des textes. Peut-être est-ce chez nous une déformation, mais nous pensons que ce qu'il cache concerne les origines de la Bible. Ma question est simple et directe : vous en a-t-il parlé ? Vous a-t-il montré quelque chose ? Je ne sais pas... un objet, un fragment ? Vous l'a-t-il remis ? L'avez-vous emporté ?

— Alors ça, pour être direct, c'est direct ! Vous appelez ça une question ? C'est un interrogatoire !

— Pardonnez-moi, Maya, j'ai été maladroit.

— Bon, Jonathan. Je devine ce que vous ressentez. Je crois qu'à votre place je n'aurais pas été plus habile. Mais à mon tour de vous poser une question.

Elle sortit de sa poche le petit bout de papier froissé trouvé dans sa main à son réveil. Elle le lui tendit.

— Pouvez-vous m'expliquer le sens de ces inscriptions ?

Le jeune homme les regarda avec attention.

— C'est la formulation de votre prénom.

— Oui, j'ai compris, mais quelle en est la signification ?

— Connaissez-vous l'approche de la kabbale ?

— Non, l'archéologie ne me laisse pas beaucoup de temps.

— Ce serait trop long de vous la présenter en

détail. En tout cas je peux vous dire que ce qui est écrit là est destiné à vous aider.

— Comment ça ?

— Voyez-vous, les mots sont, à nos yeux, des symboles qui dissimulent d'importants pouvoirs. C'est particulièrement le cas pour les noms propres. Il y a dans votre prénom une puissance que vous ne soupçonnez pas. La personne qui a écrit cela à votre intention a cherché à vous en donner les clefs.

— Ce n'est pas vous qui l'avez écrit ?

— Non. Je vous le dirais. Mais celui qui l'a fait cherche à vous protéger.

— Soit, Jonathan, je veux bien vous croire. Combien de temps faut-il pour apprendre à déchiffrer les mots ?

— Une vie n'y suffirait pas.

— La mienne risque d'être singulièrement raccourcie. Acceptez-vous de m'en dire plus ?

— Je le ferai, dans la faible mesure de mes moyens et de mes connaissances.

— Finkelstein a été votre professeur, n'est-ce pas ?

— Oui. À Cambridge.

— Par conséquent, vous savez qu'il avait échafaudé une hypothèse sur la Bible tendant à prouver qu'elle avait été composée par les Deutéronomistes et les partisans du Yahvé-unique. Le professeur détenait en effet un fragment de tablette. Il le gardait secret. C'était pour lui un début de contrat trop insuffisant pour apporter des révélations d'une telle importance. Je n'ai pas cet objet. Il a disparu. Il représentait pour ce vieil homme un trophée, un fétiche, le cœur de sa vie. Par ailleurs, nous avons, avec le professeur Friedmann, poussé très loin les recherches à propos du tombeau de Josias. Mais en vain. Jonathan, cette sépulture, si elle existe, n'est pas ici. Ce que nous dit le Texte sacré doit être vrai. Il a bien été emporté sur un char et enterré à Jérusalem, selon la promesse que Dieu lui avait faite. Comment pourriez-vous en douter ?

— Je n'ai jamais remis cela en cause. Mais ce que nous décryptons ne ressemble en rien à ce que l'on peut trouver dans une lecture profane. Lorsque vous en aurez le temps, je vous expliquerai. Je vous l'ai promis.

Maya le raccompagna jusqu'à la porte de l'école. En chemin, il lui dévoila ce qu'il pouvait lui dire pour l'aider.

— Merci, Jonathan. C'est peut-être la solution.

Elle reprit le morceau de papier et le garda serré dans sa main.

Huitième jour. Lundi. 18 h 15.

Edward marchait de long en large, attendant la jeune femme. Il la vit revenir et alla à sa rencontre.

— Nous n'avons pas eu beaucoup de temps pour nous parler. Je dois être à Tel-Aviv demain matin. Les négociations démarrent à huit heures.

— Edward, votre présence nous a été d'un grand secours. Nous aurions été complètement débordés sans vous. Comment croyez-vous que la presse va réagir ?

— La mort d'Olivia fait beaucoup de bruit. Ils ne sont pas près de lâcher cette affaire. Rendez-vous compte, cela leur permet d'échafauder toutes sortes de théories. Et encore, s'ils savaient…

— Que savons-nous au juste, Edward ?

— Rien. Mais votre ami kabbaliste a dû vous dire des choses essentielles. Que voulait-il ?

— Pas grand-chose. Faire connaissance. C'est le successeur de Jonathan. Ils sont préoccupés par les révélations que nous pourrions faire sur les origines de la Bible.

— Eux aussi ?

— Ils consacrent leur vie à ce texte.

— Oui. C'est étrange.

— Que voulez-vous dire ?

— Je ne sais pas. Pourquoi ne s'est-il pas adressé à Friedmann ?

— Edward ! Que vous arrive-t-il ? C'est tout ce qui vous préoccupe !

— Maya, je m'inquiète pour vous. Je n'ai aucune confiance en eux.

— Pourtant, depuis tous ces drames, c'est la première fois que je me sens protégée, grâce à leur savoir.

— Ah oui ? Et comment ?

— Je ne connais pas les fondements de la kabbale, mais ce que j'en devine me semble juste. Ils connaissent mieux que nous les forces qui nous font face. Leur culture est au cœur de ce qui nous menace.

— Que vous arrive-t-il ? Où est la jeune scientifique lucide et déterminée ? Vous avez pourtant les pieds sanglés dans la terre. Vous ne pouvez pas vous laisser à ce point berner par ces balivernes.

— Ce que vous pouvez être méprisant ! Les morts ne vous suffisent pas ? Qu'est-ce qui vous permet de parler de balivernes ?

— Vous savez bien que leur texte de référence est une mystification.

— Comment ça ?

— Le Zohar, dans lequel ils puisent toute leur sagesse, a été écrit en araméen, pour faire croire qu'il s'agit d'un texte antique. Alors qu'il a été rédigé par un Espagnol, un certain Moïse de Léon, au XIIIe siècle.

— Vous réagissez comme les journalistes quand on leur explique que la Bible n'a peut-être été écrite qu'au VIIe siècle avant J.-C. et qu'ils crient à l'escroquerie.

— Mais enfin Maya, ça n'a rien à voir !

— Pourtant, Edward, la démarche est similaire. Il peut s'agir d'aspects essentiels de la mystique juive, que certains grands écrivains et poètes ont assemblés, à partir de récits et de mythes, pour en faire de véritables livres. Des œuvres capables de transformer la vision du monde, la représentation humaine des croyances. N'est-ce pas ça finalement, la force de la Bible, du Zohar ?

— Mais alors, que faites-vous de vos recherches ? De ces vies consacrées à la vérité historique : celles de Friedmann, de Finkelstein, la vôtre ?

— Précisément, je me dis que tout ça est vain. Si j'abandonne tout, ce sinistre processus va s'arrêter net.

— Ah oui ? D'un coup de baguette magique ?

— Ne riez pas, c'est possible. Vous avez une autre solution ? Suivez-moi, nous allons parler à Claude.

Ils rejoignirent le professeur, qui somnolait à sa table de travail. Maya lui fit remarquer que le huitième jour allait bientôt prendre fin, et qu'ils n'avaient rien fait pour tenter d'en sauver la victime. Friedmann leur tendit un papier.

— Je pense l'avoir identifiée. Je suis presque sûr que c'est…

Pierre entra à cet instant.

— Cher ami, comment vous sentez-vous ? demanda Claude.

Edward et Maya se regardèrent, stupéfaits.

— C'est… enfin… je pensais qu'il était à l'abri, dit-elle.

— Je sais, dit Friedmann. Pierre, vous m'avez menti. Dites-moi la vérité sur votre état civil.

— Vous pensez que je suis visé ? Je vais mourir ? C'est ça ?

— Pierre, il est temps de nous dire votre véritable année de naissance. Nous pourrons peut-être vous aider.

— En réalité, je suis né en 1936. C'est vrai, je me suis un peu rajeuni.

— Ça, je m'en doutais. C'était le 21 décembre, un lundi, n'est-ce pas ?

— Je crois, Claude.

— Je le sais désormais. Reste votre nom.

— En fait, j'appartiens à une famille juive de Pologne. J'ai été élevé dans la tradition. Mes deux grands-pères étaient rabbins. L'un d'eux s'appelait Aaron. Dans ce clan, la coutume veut que le nom du frère de Moïse se transmette en sautant une génération. Mon aïeul s'appelait ainsi et le premier de mes petits-enfants aurait dû porter ce prénom. Mais j'ai interrompu la chaîne, j'ai décidé de m'appeler Pierre et je suis devenu archéologue.

— Cela vient confirmer mes craintes. Dans les tablettes que nous avions retrouvées en Irak, le serviteur du dieu gouvernant le Lundi de la deuxième lune se nommait Aar. Pierre, la menace va descendre sur vous avant minuit. Il faut impérativement rester ensemble jusque-là.

Maya intervint :

— Claude, il y a peut-être un moyen de le sauver.

Terrassé par ce qu'il venait d'apprendre, Pierre s'était assis, le regard perdu.

— Hélas, Maya, je vais y passer comme les autres. Tout me condamne : les dates, ce nom.

— Justement, les lettres hébraïques qui le composent peuvent être votre salut.

— Expliquez-vous, ma petite, lui demanda le professeur.

— Cette nuit, je me suis réveillée avec ce papier au creux de la paume.

Elle leur montra le tétragramme.

— Jonathan m'a expliqué que c'était une formule kabbaliste destinée à me protéger.

— Comment cela ? questionna le professeur.

— Elle doit permettre d'ouvrir une porte avant que la mort n'ait lieu.

— Mais nous avons essayé, prononcé le nom du dieu chaldéen. Cela n'a pas marché.

— Ce n'était pas la bonne formulation. C'est précisément ce que m'a révélé Jonathan : il y a, au cœur de la kabbale, un rituel secret contre la malédiction du sanctuaire.

Pierre, de plus en plus sceptique, ironisa :

— Allons, Maya ! Le fameux livre du Zohar a été écrit au XIIIe siècle, et ce sanctuaire date du VIIe siècle avant J.-C. Deux millénaires les séparent.

— Attendez Pierre, dit Claude, Moïse de Léon, l'auteur de cet ouvrage, connaissait parfaitement l'araméen. Il a pu avoir accès à des documents anciens, disparus avec l'Inquisition. Poursuivez, que vous a dit Jonathan ?

— Il a accepté de me livrer certains secrets. Pour lui, le zodiaque des Chaldéens et les principes de la kabbale ne font qu'un. Ses Maîtres lui ont enseigné que lorsque les Élohims participèrent à la Création, les dieux du zodiaque s'étaient rassemblés, formant un cercle qu'ils remplirent de leur substance. Et Dieu créa le monde à partir de cette semence.

Pierre haussa les épaules.

— Je ne vois pas où ça nous mène. On ne s'en sortira jamais.

— Laissez-la continuer, dit Claude d'un ton sec, elle essaie de trouver une parade à ce qui vous attend.

— À ce moment de la Genèse, des entités secrètes naquirent, que les kabbalistes appellent les Séphirots. D'après eux, ils sont liés aux planètes qui gouvernent les jours dans l'astrologie chaldéenne. Regardez, Jonathan m'en a donné la liste : le Soleil s'appelle Tiphereth et la Lune : Jesod. Saturne, Mars et Mercure ont pour nom Binah, Gueburah et Hod. Enfin, Jupiter et Vénus, dans la kabbale, ce sont les Séphirots Hesed et Netza.

— Je comprends, dit Claude, mais comment trouver le nom qui ouvrira la huitième porte ?

— Je n'en suis pas sûre, mais la façon dont les Séphirots s'inscrivent dans le cercle du zodiaque nous révèle peut-être le sens des vingt-deux lettres de l'Alphabet sacré, comme des vingt-deux chapitres de l'Apocalypse dont nous avons retrouvé ici la version première.

Edward, qui écoutait depuis le début, posa une question :

— Vous voulez dire que chaque chambre funéraire est comme un coffre-fort, et que ce sont les vingt-deux lettres hébraïques qui servent à trouver la combinaison ouvrant les portes ?

— En quelque sorte. Je crois que si nous prononçons à haute voix le nom des lettres de l'Alphabet sacré, nous réussirons à mobiliser la force des anges. Ce qu'il faut, c'est transcrire en hébreu ce nom que nous pensons trouver sur la porte.

— Si on m'avait dit que je vous entendrais un jour parler ainsi, je ne l'aurais jamais cru ! s'exclama le professeur.

— Eh bien, ma chère ! ajouta Edward.

— En même temps que risquons-nous à essayer ? conclut le vieil homme.

Ils marchèrent en file indienne le long du chemin de rocaille, et descendirent sous terre un à un. Après avoir tracé sur un morceau de papier les lettres hébraïques d'AAR, ils se placèrent devant la huitième porte. Puis ils prononcèrent le nom des lettres sacrées : Aleph, Aleph, Reich.

La porte s'ouvrit. Pierre était resté légèrement en retrait. Ses trois compagnons se retournèrent, il était bien vivant. Les trois lettres étaient gravées dans la roche.

— Extraordinaire ! dit le professeur. Bravo, Maya !

Je suis fier de vous ! Pierre, il me semble que vous êtes sauvé.

Il regarda sa montre. Il restait cinq heures avant minuit.

Huitième jour. Lundi. 23 h 45.

Ils restèrent ensemble pour mieux conjurer le sort. Le huitième jour allait prendre fin, ils allaient triompher de la malédiction.

— Celui qui m'a tué de fatigue, dit Pierre, c'est John Cinghart, du *Washington Post*, il fait preuve d'une mauvaise foi insensée, affirmant des choses fausses avec un aplomb incroyable. Pour le calmer, je lui ai promis un rendez-vous téléphonique dans la matinée.

— Quoi ? Vous devez reparler à Cinghart ? interrogea Edward. Vous êtes fou, ce type, c'est Machiavel.

— Je n'avais pas le choix, mon cher.

— À quelle heure doit-il vous appeler ?

— À… Enfin je veux dire à…

— Oui ?

— Je dois lui parler… à…

Maya s'inquiéta :

— Pierre ! À quelle heure avez-vous rendez-vous avec lui ?

— Mais, je vous le dis… à… enfin vous voyez.

— Non, Pierre, nous ne voyons pas. Dites-nous simplement : quand ?

— Mais… bon, voilà.

Pierre semblait avoir perdu la capacité de dire certains mots. Les minutes suivantes, son langage se désarticula totalement, comme si la mémoire centrale de son vocabulaire se vidait.

Claude regardait son ami. Il était livide. Il s'écria :

— C'est un mot qui l'a sauvé, mais il a perdu tous les autres !

Frédéric les avait rejoints. Il observa Pierre et lui fit les premiers tests neurologiques.

— Je pense, dit-il, qu'il a eu un léger accident cérébral. Sur la zone gauche du lobe temporal. Celui qui gère la fonction de la parole. Je vais tout de suite lui injecter un anticoagulant.

Pierre leur souriait.

— Mais je vais très bien. Qu'avez-vous à me regarder comme ça ?

— Pierre, pouvez-vous me dire quel jour nous sommes ?

— Bien sûr. Le… le jour, enfin… aujourd'hui.

Il éclata de rire.

— C'est lundi ! s'exclama Maya.

— Voilà ! Voilà !

Frédéric revint et lui fit une intraveineuse. Le professeur regarda sa montre. Il était minuit dix. Il releva la tête.

— Il est vivant.

— Il est vivant, répéta Maya. Nous avons réussi.

Le médecin emmena la jeune femme hors de la tente.

— Ne vous réjouissez pas trop vite. Ce genre de symptômes est parfois bénin, mais il peut aussi être le signe avant-coureur d'un dérèglement plus grave.

— Comment le savoir ?

— Je ne peux pas vous répondre comme ça. Ce qui semble clair, c'est que nous ne sommes plus dans le cadre de la malédiction, puisque le neuvième jour a commencé et qu'il est toujours là. D'autre part, selon la correspondance corporelle avec son signe zodiacal, c'est le genou qui devrait être touché, ce qui n'est pas le cas.

— Oui. On dirait que le message venant de la kabbale a déplacé le cours des choses. Ce ne sont plus nos vies qui seraient menacées, mais certaines de nos fonctions. Des points essentiels et sacrés, tels que la parole.

— Ça y ressemble. Mais ne soyons pas trop

optimistes. Derrière ces apparences, c'est bien la vie qui est en jeu. Pour Pierre, nous risquons de le retrouver demain paralysé ou mort.

— Frédéric, si c'est ce que vous pensez, nous devons l'emmener à l'hôpital immédiatement.

Inconscient du danger, Pierre ne voulait pas les suivre. Il répétait sans cesse :

— Mais je vais bien.

Friedmann intervint :

— Assez ! Vous ne pouvez pas prendre le risque de vous réveiller emmuré par un *lock-in syndrome*. Frédéric vient avec vous à l'hôpital. Il faut passer un scanner. Je ne veux pas vous perdre.

Ils partirent pour Tel-Aviv. Edward les accompagna. Il s'excusa auprès de Maya. Il regrettait sa réaction à propos de Jonathan. Elle lui prit les mains, les embrassa.

Neuvième jour. Mardi. 01 h 00.

Claude et Maya s'étaient assis tous deux sous la voûte étoilée. Il lui fit part d'un compte rendu de thèse, envoyé par une de ses anciennes élèves. Le titre était *Divination, horoscope et astronomie dans la culture mésopotamienne*. Un livre en avait été tiré : *L'Écriture céleste.*

— Je l'ai presque terminé, c'est passionnant. Je vous le donnerai demain, vous verrez. Cette femme a participé aux derniers travaux menés en Irak. Cela rejoint nos recherches.

— Claude, croyez-vous que nous pourrons comprendre l'écriture des constellations ?

— Si nous n'y parvenons pas, elles formeront notre sépulture. Mais Maya, qu'avez-vous ? Depuis deux jours, vous êtes différente. Quelque chose en vous m'échappe.

— Non, Claude, ce n'est pas ça.

— Vous pouvez me parler. Nous devons tout nous dire. C'est essentiel.

— En fait, je ne suis pas sûre. C'est sans doute un détail.

— Maya ! Cessez de faire l'enfant.

— Voilà. J'ai remarqué un étrange phénomène.

— De quelle nature ?

— C'est difficile à décrire. Cette matière dont est faite la paroi noire…

— Eh bien ?

— La pierre utilisée pour les stèles, au fur et à mesure que nous les nettoyons, devient identique à celle de ce mur. La couleur sombre brille de plus en plus. Une sorte de matière scintillante.

— Oui. J'ai remarqué. Et alors ?

— Je pense qu'elle est en train de muter.

Le professeur changea d'expression. Après un silence, il reprit :

— Je n'ai pas fait attention. Cela peut être le contact de l'air, après tant de siècles passés sous terre. Mais vous semblez penser à autre chose ?

— Les avez-vous touchées ?

— Non.

— Le contact est trop lisse, presque tendre. On ne sent aucune aspérité. Ce n'est pas la froideur du marbre ni la dureté du métal. On dirait du cristal de roche.

— Mais c'est impossible, ce serait transparent.

— Justement, professeur, c'est ce que j'essaie de vous expliquer. Je me demande si ces blocs ne sont pas en train de devenir translucides. Avec en dessous une sorte de liquide sombre.

Friedmann était perdu dans ses réflexions.

— Remarquez, reprit-il, cela correspondrait à la conception des mages chaldéens. Ils croyaient que la terre était posée sur une masse d'eau représentant les ténèbres, le négatif du ciel. Mais une telle construction semble impossible… Allons voir. Vous sentez-vous la force de m'accompagner ?

— Bien sûr, il ne faut pas attendre.

Ils prirent chacun deux lanternes et descendirent dans la crypte. Arrivés à la première chambre, ils posèrent les lampes près de la stèle. Maya s'allongea face contre la dalle pour tenter de voir à travers. Au bout d'un moment, elle poussa un cri et se releva brusquement.

— Claude ! Il y a bien une sorte de liquide là-dessous ! Je crois qu'un corps flotte entre les eaux.

Elle se jeta dans les bras du professeur, tremblant de tout son être. Il l'emmena s'allonger.

— Je vais rester près de vous cette nuit. Il faut dormir maintenant. Nous verrons cela demain. Essayez d'effacer cette image. Je suis là.

Neuvième jour. Mardi. 8 h 00.

À l'hôtel Hilton, c'était l'effervescence. Toutes les conversations tournaient autour de l'assassinat de la journaliste. C'était devenu, depuis, « l'affaire de la Bible ». Les journaux faisaient de la surenchère avec des titres racoleurs : « L'Ancien Testament : une super-cherie », ou « Le peuple juif : une fiction littéraire ». Les extrapolations les plus folles étaient déclinées.

La mort d'Olivia faisait l'objet d'une enquête internationale, mettant en danger les négociations pour la paix. D'autres articles commençaient à relater les mystérieuses disparitions, évoquant leur lien avec le site de Megiddo et les éventuelles découvertes autour des textes sacrés.

Il régnait une atmosphère d'apocalypse. Des sectes voulaient se rendre en pèlerinage sur la terre de l'Harmaguédon. La confusion la plus totale s'installait. Les diplomates déployaient leurs efforts pour essayer de rétablir le calme. Mais les médias se désintéressaient de cette réalité. Les imaginaires étaient plongés dans l'incandescence et rien ne semblait pouvoir les éteindre.

Leo Sapersteen parlait avec Jérôme de Lambert, cherchant un moyen d'apaiser les esprits. Mais aucune voix ne semblait assez forte pour se faire entendre. Qui, aux yeux du monde, possédait une légitimité capable de contrecarrer ces événements et leur souffle mystique, ésotérique ?

Edward appela Maya pour la tenir informée.

— Je vous réveille ?

— Non. Ça va. Que se passe-t-il ?

— Il faut prévenir le professeur. La presse a déclenché un raz-de-marée. Vous allez voir arriver toutes sortes de sectes, de curieux, sans parler des journalistes. Les autorités sont en alerte, il faut les contacter pour maîtriser la situation, établir une zone fermée, qui vous protègera. A-t-on des nouvelles de Pierre ?

— Non. Ils le gardent à l'hôpital jusqu'à ce soir. De toute façon, dans son état il ne peut pas nous aider. Nous allons faire le nécessaire. Merci de nous avoir prévenus, Edward.

— Et vous, Maya, ça va ? Je vous trouve une drôle de voix.

— Ce n'est rien. Je vous expliquerai. Je vous embrasse.

Claude s'était assoupi dans le fauteuil près de son lit. Maya le réveilla. Ils sortirent et virent des camions de l'armée israélienne arriver. Ils évoquèrent avec les officiers la mise en place d'un dispositif de sécurité. Les soldats placèrent des barrières rendant le site inaccessible.

Les autorités, le Pape lui-même avaient condamné les débordements de la presse, appelant les scientifiques à la plus grande réserve.

Les pèlerins commençaient à se masser devant les barrières. Des responsables de divers mouvements demandaient à rencontrer le professeur Friedmann. Un important banquier de Salt Lake City proposait une aide financière, les mormons, les scientologues, les témoins de Jéhovah étaient présents.

La foule regroupée sur le site s'impatientait,

provoquant des échauffourées avec les militaires ; d'autres restaient immobiles, en prière. Bien que protégés, les membres de l'équipe sentaient la tension monter. Claude s'adressa à eux :

— La huitième chambre s'est ouverte et celui qui devait mourir a survécu. Il s'agissait de Pierre. Frédéric a dû le conduire à l'hôpital pour des examens. Il devrait revenir ici dans la soirée. Je vous rassure, d'après les médecins tout va bien. Nous avons trouvé un protocole permettant de suspendre le mécanisme fatal. Mais nous ne sommes pas sûrs de ses effets à long terme ; Maya et moi allons tenter d'ouvrir les quatre portes qui nous séparent de la douzième chambre. Pendant ce temps-là vous allez vous scinder en deux équipes. La première continuera à déblayer les tablettes de l'Apocalypse. La seconde explorera le sous-sol du sanctuaire. Nous avons cru déceler dans la roche utilisée pour les stèles une matière translucide. Le bâtiment semble avoir été érigé sur un bassin rempli d'un liquide noirâtre. Il faut déterminer ce que c'est. De toute façon, c'est sous terre que nous serons le plus tranquilles pour travailler.

Ils descendirent dans la crypte. Maya devait sans tarder reprendre contact avec Mansour et Jonathan, pour déterminer les noms secrets des chambres closes.

Neuvième jour. Mardi. 10 h 30.

À l'hôpital de Tel-Aviv, Frédéric s'entretenait avec le neurologue. Le diagnostic de Pierre était établi : un infarctus cérébral avait frappé la zone gauche du cerveau, qui pilote le langage. La lésion était bénigne, mais les symptômes surprenaient le spécialiste.

— Je n'ai jamais observé un trouble aussi localisé, dit-il à Frédéric. Apparemment les mots qu'il ne retrouve pas concernent uniquement des paramètres liés au temps. Il cherche les jours, les dates, les heures, le reste semble fonctionner.

— Cher confrère, pensez-vous qu'il peut quitter l'hôpital et reprendre une activité normale ?

— Je n'y vois pas d'inconvénients. Continuez le traitement anticoagulant. Donnez-lui un bêtabloquant. Et bien sûr : pas de cigarette, pas d'alcool. Attention à son alimentation, au stress. Mais tout ça, vous le savez. Faites-lui faire quelques exercices orthophoniques. Si vous souhaitez partir dans l'heure, vous pouvez y aller.

À l'instant où Claude s'apprêtait à rejoindre Maya pour se rendre à l'école kabbaliste, Rajan arriva.

— Excusez-moi, professeur, John Cinghart, du

Washington Post, est là. Il insiste pour vous parler. Je ne sais pas comment m'en débarrasser.

— Laissez, je m'en occupe.

Cinghart était un homme séduisant, mais il avait une façon méprisante de regarder les autres. Friedmann lui proposa de prendre un café au réfectoire.

— Je vous écoute.

— Désolé de vous importuner, j'avais un rendez-vous téléphonique avec Pierre Grün, ce matin. Impossible de le joindre. J'espère qu'il n'a pas eu un problème ?

— Non, mais nous sommes débordés. Pierre gère toute la logistique ici. Il n'a pas le temps de vous aider.

— Professeur Friedmann, vous avez conscience de l'écho de vos récentes découvertes dans les médias. Pouvez-vous confirmer qu'elles remettent en cause la conception que nous avons des origines du monothéisme ?

— À vrai dire, nous n'avons pas encore de faits avérés dans ce sens. Mais les hypothèses selon lesquelles le Livre sacré serait beaucoup plus récent que l'on n'a cru deviennent vraisemblables.

— Est-ce que pour vous cela change sa signification ?

— Pas exactement. Depuis plusieurs années d'éminents biblistes ont remarqué la cohérence stylistique du Deutéronome. Ils se doutaient que ces écrits n'avaient pas été retrouvés par Josias, mais rédigés durant son règne.

— Je sais, professeur, j'ai lu le livre de Richard Eliot Friedman, *Qui a écrit la Bible ?* C'est un de vos parents ?

— Non. Moi c'est avec deux N.

— Mais vos recherches ne risquent-elles pas de remettre en cause la légitimité des revendications du peuple juif sur ce territoire ?

— Je ne vois pas le rapport, mon cher. L'existence de l'État d'Israël a un fondement historique, lié à la dernière guerre mondiale. Un ordre géopolitique décidé par les Nations Unies en 1948. Mes travaux portent sur l'impact de la civilisation chaldéenne au VIIe siècle avant J.-C. Comment pouvez-vous établir un lien entre les deux ?

— Ce n'est pas moi qui le fais, professeur, c'est l'opinion. Aujourd'hui, nous sommes engagés dans une nouvelle forme de guerre de religion. Les croyances, leur impact symbolique prennent le pas sur les schémas classiques.

Claude sentait la colère monter.

— Allons Cinghart, pas vous ! Le monde est au

cœur de négociations militaires et économiques décisives. La réussite ou l'échec de la feuille de route dépend uniquement de ces paramètres. Vous le savez mieux que personne. Nos recherches scientifiques n'ont rien à voir là-dedans ! Ce n'est qu'une comparaison malsaine, un scoop éventé pour vendre du papier, sans aucun lien avec la triste réalité des faits. C'est du cirque médiatique, point.

— Je ne vous dis pas le contraire. Je n'ai pas l'intention d'emboîter le pas à mes confrères. Je trouve leur comportement désolant. C'est pour cela que je voulais vous parler.

— Bon, alors que faisons-nous là, à perdre notre temps ?

— Professeur, je voulais vous montrer quelque chose.

Cinghart lui tendit son portable. Sur l'écran était écrit : « Il vous reste deux jours. » Claude restait silencieux, repensant à la mise en garde d'Edward sur la perversité de son interlocuteur. Le journaliste pouvait très bien détenir des informations et avoir créé lui-même ce message.

— Quand avez-vous reçu cet avertissement ?

— Avant-hier.

— Quelle est votre date de naissance ?

— Pardon ?

— Quel jour êtes-vous né ?

— Le 21 octobre 1958.

Friedmann sortit de sa poche le schéma qu'il avait établi. Le 21 octobre, cette année-là, tombait un mardi.

— Votre nom est un pseudonyme, n'est-ce pas ?

— Oui, répondit le journaliste, interloqué.

— Quelle est votre véritable identité ?

— Cyril Abanassiev. Mes parents étaient d'origine russe. Mais pour travailler aux États-Unis, ce n'était pas l'idéal, alors j'ai pris un autre nom.

Le professeur était inquiet. Le serviteur d'Arah-Samma, le Maître du Mardi, se nommait Abanasu. Si le journaliste se doutait de quelque chose, pourquoi n'en avait-il pas fait un article, devançant tous les autres ? Les coïncidences étaient trop nombreuses. Il était sans doute la victime du neuvième jour. Claude hésitait. Le protéger, ou laisser le temps agir. Maya entra à cet instant.

— Je vous présente John Cinghart. En réalité, il se nomme Abanassiev, comme le nom chaldéen Abanasu. Il est né le 21 octobre 1958, un mardi, j'ai vérifié. Il a reçu un message avant-hier sur son portable : « Il vous reste deux jours. »

Cinghart resta figé pendant cette étrange présentation. Il ne savait quelle contenance adopter.

— Bonjour, mademoiselle. Je travaille au *Washington Post*.

— Oui, je sais.

Maya lui tendit la main. Elle regarda Claude, ne sachant ce qu'il fallait faire. Voler au secours de cet homme ? Ou n'était-ce qu'un piège échafaudé par le journaliste le plus pervers de la place ?

— Comment comprenez-vous ce message, monsieur Cinghart ?

— Justement, je ne me l'explique pas. Il n'y a aucune donnée accompagnant ce sms, ni sur son origine, ni sur le moment où il a été envoyé.

Maya reprit :

— Pourquoi avez-vous eu l'idée de nous le montrer ?

— Dans les rédactions, des rumeurs circulent sur des menaces similaires à votre encontre. Des personnes proches de vous auraient aussi reçu des messages. Certaines seraient déjà mortes, comme mon amie Olivia de Lambert. Je pense être également visé. Je ne sais pas par qui. Peut-être pouvez-vous me tirer de là.

— Ah oui ? Et comment ? Claude, qu'en pensez-vous ?

Friedmann décida de couper court.

— Monsieur Cinghart, Maya et moi devons nous

absenter. Pouvez-vous nous attendre ici ?

— Ai-je le choix ?

— À vrai dire, je ne crois pas, lui répondit le professeur.

Neuvième jour. Mardi. 12 h 00.

Maya suivit Claude sur le chemin menant à l'école kabbaliste. La situation était confuse. Cinghart disait-il la vérité ? Serait-il la neuvième victime ? Sa mort créerait une nouvelle onde de choc médiatique mettant en danger leurs travaux. Ils préféraient ne pas y penser.

Il fallait trouver, avec l'aide des maîtres de la kabbale, la formule permettant d'empêcher ce sacrifice. Sur l'écran noir du ciel étaient projetées les trois dernières morts annoncées : celle d'Edward le onzième jour, la leur ensuite.

Mansour et Jonathan les attendaient. Ils parcoururent un labyrinthe donnant sur une bibliothèque circulaire remplie de parchemins.

— Je suis heureux de vous revoir. Je suppose que votre venue n'est pas étrangère aux questions que vous avez posées à Jonathan.

— Merci, Maître, de votre accueil, répondit

Friedmann. En effet, votre aide nous est indispensable.

— Poursuivez, je vous écoute.

— Nous avons découvert, dans les fondations basses de Megiddo, un sanctuaire en forme de zodiaque, formé de douze chambres funéraires, construit par des prêtres chaldéens. Il recèle un grand nombre de tablettes gravées d'une sorte d'alphabet cunéiforme. Nous avons pu les déchiffrer : ce sont les versets d'une apocalypse datant de cette époque.

— Oui, répondit Mansour, nous pensions que vous aviez retrouvé ce que nous appelons dans notre tradition « Le Cercle de l'Harmaguédon ».

— Vous connaissiez son existence ?

— Notre école s'est installée ici parce que, dans nos textes fondateurs, ce sanctuaire est mentionné comme l'origine de notre confrérie.

— Vous voulez dire que votre école a vingt-six siècles d'existence ?

— Oui. Très précisément. Je vous raconterai cela une autre fois. Chaque minute à venir est précieuse.

— C'est exact, intervint Maya. Lorsque j'ai rencontré Jonathan, je lui ai montré ce papier, avec mon nom écrit en tétragramme. Nous avons appliqué ses commandements pour ouvrir la huitième porte, et nous avons réussi, empêchant le décès de Pierre Grün. Nous avons prononcé son nom secret : Aar, en l'épelant en hébreu : Aleph, Aleph, Reich. Et la porte s'est ouverte, lui laissant la vie sauve.

— N'a-t-il subi aucun trouble ? demanda Mansour.

— Si, répondit-elle, il a perdu une partie de sa faculté d'élocution.

— Laquelle ?

— Nous ne le savons pas précisément. Nous vous tiendrons informés.

— Pour l'heure, le plus urgent est d'éviter le prochain sacrifice. Avez-vous identifié la personne en danger ?

— Oui, répondit Friedmann. Enfin, nous n'en sommes pas tout à fait sûrs.

— Ne perdez pas de temps. Il faut intervenir avant une certaine heure, prononcer un certain nom. Avez-vous identifié le nom secret, professeur ?

— Oui. C'est Abanasu, serviteur du Maître du Scorpion.

— C'est juste, dit le Grand Maître en regardant Jonathan. Voici la formule que vous devrez prononcer.

Mansour traça les lettres hébraïques sur une feuille de papier.

— Prononcez-les comme vous l'avez fait pour Aar. Dépêchez-vous, il est peut-être déjà trop tard.

Neuvième jour. Mardi. 12 h 30.

Le site était envahi par la foule. Les barrages militaires empêchaient les débordements. Ils revinrent chercher Cinghart. Mais il n'était plus là. Pierre et Frédéric, qui étaient de retour depuis vingt minutes, ne l'avaient pas vu.

— Claude, dit Maya, descendons immédiatement.

Dans les catacombes, la neuvième porte s'était ouverte. Cinghart devait avoir péri. Mais alors, où était son corps ?

Karl les rejoignit. Il travaillait avec l'équipe chargée de sonder le sous-sol.

— Professeur, d'après nos tests, sous cette architecture il y a bien un bassin. Mais nous ne parvenons pas à y accéder afin d'analyser ce liquide. On aperçoit des formes, semblables à des corps flottant dans ces eaux troubles. Ce sont peut-être des statues, ou des images projetées au moyen d'un procédé inconnu. Nous ne les distinguons qu'à travers la roche translucide des stèles. C'est très difficile à déterminer.

— Reprenez les sondages, répondit Claude.

Friedmann et Maya commencèrent à nettoyer la neuvième dalle. Ils dirigèrent leurs torches pour en éclairer la surface. Puis ils s'allongèrent, scrutant ce qui se cachait dans ces profondeurs. Lentement, une forme apparut. Elle semblait remonter des ténèbres. Les contours, progressivement, se dessinèrent. Un corps recroquevillé, tel un fœtus. Lorsque cette masse fut sur le point de toucher la stèle, elle se stabilisa, commençant à tourner sur elle-même. Puis elle se déplia. Un visage, les yeux grands ouverts, fit surface. Claude et Maya se redressèrent d'un coup, saisis d'épouvante. Ils se regardaient, chacun essayant de trouver dans les yeux de l'autre la force de continuer.

— Professeur, vous avez vu la même chose que moi, je ne suis pas folle ?

— Non, Maya. C'est terrifiant. Comment vous sentez-vous ?

— Ça va aller. En tout cas, si c'est bien le mort du neuvième jour, ce n'est pas Cinghart. Il nous a menti, nous empêchant de sauver la véritable victime. Avez-vous vu ce visage ?

— Oui, Maya. Même si nous ne le connaissons pas, je ne suis pas près de l'oublier.

Ils remontèrent à l'air libre. Pierre et Frédéric les attendaient.

— Elle s'est ouverte ? demanda le médecin.

— Oui. Mais nous ne savons pas qui est la victime.

— Cinghart ? demanda Pierre.

— Non. Ce n'est pas lui.

— C'est... ce sera peut-être... enfin nous le saurons... vous voyez !

— C'est ça, Pierrot. Nous voyons très bien. Allez vous reposer.

Neuvième jour. Mardi. 13 h 00.

Leo Sapersteen, Edward et Jérôme de Lambert se retrouvèrent pour le déjeuner. Ils devaient définir une position commune face aux médias. Sapersteen prit la parole :

— Je tiens à vous dire que je suis à vos côtés dans cette terrible épreuve. Je ferai tout mon possible pour que l'auteur de ce crime odieux soit puni.

— Merci, Leo. Nous rentrons à Paris demain pour les obsèques. L'opinion française est sous le choc.

— Je sais. Nous allons devoir suspendre les négociations, et attendre un climat plus favorable. D'ici là, nous fournirons certains éléments à la presse, pour mettre un terme aux spéculations. Nos rapports sont formels. Vous avez été le premier informé. Le véhicule d'Olivia a été la cible d'un tireur isolé. On l'a identifié, arrêté. C'est un membre dissident du groupe des Fondamentalistes, sur lequel votre fille enquêtait. Il n'a que dix-neuf ans. Il les a rejoints il y a quelques mois. Il vivait en France dans la banlieue de Marseille. D'après mes renseignements, ce garçon a agi seul. Mais peut-être était-il téléguidé par d'autres réseaux ?

— Où se trouve-t-il maintenant ? demanda Lambert.

— Il est interrogé par les autorités israéliennes.

— J'ai demandé à mon avocat de venir. Peut-être que ce type pourra être entendu par la justice française.

— Très bien. Edward, vous verrez tout cela avec lui.

— Oui, monsieur l'ambassadeur. Je pense que cette information devrait désamorcer les rumeurs sur un complot auquel nous serions mêlés. On nous demande, à Washington, de réaffirmer notre position. D'avancer exclusivement sur le terrain de la démocratisation du Moyen Orient.

— Tout ceci les énerve, en effet. Ils veulent uniquement communiquer sur la recherche d'une base solide pour l'organisation d'élections démocratiques dans tous ces pays.

— Oui, mais l'héritage est lourd, répondit Lambert. Ici tout dépend des ressources pétrolières. La démocratie a la figure du diable, en particulier du côté religieux. Je sais bien que la majorité aspire à un mode de vie différent, qui la sortirait de la misère. Mais cela va prendre du temps. Regardez ce qui vient de se passer.

— Je sais bien, Jérôme, mais nous devons faire les mêmes efforts que pour notre rapprochement concernant la Syrie, montrer à l'opinion notre volonté de nous débarrasser de ces régimes, dont plus grand monde ne veut.

— Je rétablirai les faits. Je parlerai à la presse. Mais qu'en est-il de cette affaire de Megiddo ? Olivia semblait intriguée par ce qui se passait autour de ces fouilles archéologiques.

Sapersteen fit un signe à Edward qui prit la parole :

— Nous sommes devant un phénomène qui nous échappe. Cela se présente comme une malédiction. Mais nous avons trouvé des indices d'une tout autre nature. Ainsi, certains messages sur des portables, semblables à ceux reçus par votre fille. Il y a sans doute des personnes bien réelles derrière tout ça. Et pas du tout, comme le pensent les archéologues, des entités métaphysiques. Nos équipes sont peut-être sur le point d'en identifier la source.

— Mais pour l'instant vous ne savez rien de précis ?

— Non. Uniquement des soupçons.

Neuvième jour. Mardi. 15 h 00.

Friedmann était seul et pensif. Le découragement le gagnait devant ces piles de tablettes s'accumulant sur sa table de travail. Plus rien n'arrêtait le processus fatal. La neuvième mort avait pris des traits anonymes. Pierre était en sursis, mais pour combien de temps ? Il restait trois jours. Quel lien toutes ces victimes avaient entre elles ? Qui agissait ? Dans quel but ? Claude avait perdu toute certitude. Son cerveau n'était plus qu'un tunnel, sans lumière pour éclairer son chemin. Il contemplait, égaré, ces pierres gravées. Il relisait ses notes en les comparant aux différentes apocalypses.

Vingt-deux chapitres composent celle de Jean, qui correspondent aux vingt-deux lettres de l'alphabet hébraïque. La première partie comprend les « Adresses aux Églises d'Asie », elle concerne les quatre premières lettres de l'alphabet, recouvrant ainsi la création du monde et ses éléments : le feu, l'eau, l'air et la terre. La deuxième partie, celle des « Visions Prophétiques », débute par les chapitres appelés : « Les préliminaires du Grand Jour de Dieu ». Claude les compta. Il y en avait bien douze. L'ultime était celui qui les menaçait.

Il devait y avoir sur ces tablettes une numérotation

secrète, qui lui permettrait d'identifier ce chapitre. Claude se leva, commença à examiner les colophons, ces espaces réservés où les scribes gravaient leur nom en l'accompagnant d'indications diverses, de toutes sortes d'avertissements menaçant ceux qui liraient ces textes de perdre la vue, car ils relevaient d'une tradition secrète. Seuls les initiés pouvaient en prendre connaissance. La vision du professeur se troubla. Certains signes étaient trop petits. Il prit sa loupe, et vit apparaître la numérotation de chacune et l'incipit de la suivante. Il souleva plusieurs blocs de terre cuite, retrouva celui portant le numéro douze du douzième jour. À la fin du texte le nom d'Harmaguédon était tracé en lettres hébraïques. Douze lettres le composaient : HAAR-MAGEDDON. Les quatre premières signifiaient la montagne, la colline, les huit dernières, le lieu : Megiddo.

Friedmann comprenait pourquoi Jean avait écrit : *Ils les rassemblèrent au lieu dit, en hébreu, Harmaguédon.* Simplement parce que ce nom était le seul rédigé en hébreu.

« C'est bien ça, se dit-il. La malédiction repose au cœur de ce mot. Chaque victime est désignée par le jour, le mois, l'année de sa naissance, associés à son nom, à son prénom, à sa réduction numérologique. » Repensant aux corps aperçus sous les stèles, il comprit que les dieux les utilisaient pour tracer les lettres de cette apocalypse.

Seul le Grand Maître de la kabbale pouvait empêcher cet alphabet macabre de se refermer.

Maya le rejoignit.

— Regardez, lui dit-il, je crois avoir trouvé sur cette tablette la clef pour comprendre ce qui nous arrive.

Elle prit le bloc, et put lire, au milieu des écritures cunéiformes, les douze lettres hébraïques.

— Vous voyez, chacune d'elles représente l'un des jours passés et à venir. Les divinités se servent de nous, de nos corps pour inscrire ce nom, Haar-Mageddon, nous réduisant à l'état de signes, de lettres de l'alphabet.

— Et vous et moi serions les deux dernières ?

— Je ne vois aucune autre explication. Notre seule chance de survivre est de revoir Mansour immédiatement.

Ils emportèrent l'objet pour le montrer au Grand Maître.

— Avez-vous réussi à suspendre le neuvième sacrifice ? leur dit-il en les accueillant.

— Malheureusement, c'était trop tard, lui répondit Friedmann.

— C'est ce que je craignais.

Il aperçut la tablette.

— Vous avez trouvé quelque chose ?

— Ceci, dit le professeur en lui tendant le bloc d'argile.

Avec un sourire énigmatique, il lut les inscriptions.

— Eh bien, nous y sommes.

Ils sentirent que Mansour dominait son émotion.

— Vous êtes surpris, Maître ? lui demanda Maya.

— Non. Mais ce que j'ai entre les mains grâce à vous représente beaucoup pour nous, pour moi.

— Comment devons-nous procéder ? poursuivit-elle.

— C'est extrêmement complexe. Il vous faudrait la Connaissance.

— Mais cela prendrait trop de temps, n'est-ce pas ? Pouvez-vous agir à travers nous ?

— Vous voulez que je me substitue à Dieu ? Allons. Soyez raisonnable.

Elle se troubla.

— Pardonnez-moi. Je cherche.

— Bon. Nous allons essayer de trouver, d'avancer ensemble, de brûler les étapes dernières.

— Très bien, dit Friedmann.

Le Grand Maître reprit :

— Ce que vous avez retrouvé dans le sous-sol de Megiddo n'est autre que le Calendrier divin. Il nous indique que le premier travail de Dieu fut de mélanger toutes les essences zodiacales. Normalement, si nous voulions reproduire le geste divin, il nous faudrait attendre le parcours du soleil autour de ces douze constellations, soit un an, là où Il a mis sept jours.

— Nous serons morts depuis longtemps, murmura Maya.

— Vous avez raison, reprit Mansour. Il faut donc procéder autrement. Concentrez-vous et écoutez attentivement ce que je vais vous dire. Il y a en chaque être humain une capacité de fulgurance mentale. Réduire le temps, voyager dans l'espace du cerveau, comprimant les mois, les jours, les heures, les minutes. Faire de la quintessence d'une année un bref instant. Fermez les yeux. Fixez votre esprit sur le point lumineux éclairant de l'intérieur vos yeux clos.

Le professeur avait pris la main de Maya.

— Nous sommes prêts, dit-il.

Le Grand Maître, lentement, prononça ces paroles :

— Laissez passer les douze signes du zodiaque apparaissant, chacun à son tour, dans le manège de votre esprit, et captez-en la substance. Laissez entrer les Séphirots.

Ils restaient immobiles, comme en méditation.

— Désormais c'est votre dessein qui vous guide, comme Dieu a suivi le sien dans la création. Nous ne sommes que des minéraux semblables à ceux du premier jour, mais au dernier, nous devrons rejoindre le niveau des dieux créateurs, gouvernant l'univers, laissant le Divin se reposer. Pour la kabbale, il reste trois jours. Ce que nous vivons là, à cet instant, en est la préparation. À la fin du dernier, la Grande Nuit descendra et tout sera anéanti. Alors, nous devrons agir. Vous demanderez conseil à la Nuit.

— Vous voulez dire que cela doit se produire pendant notre sommeil ? interrogea Maya.

— Oui, c'est là que tout doit advenir. Il faut appeler votre Ange pour qu'il vienne vous souffler à l'oreille le mot à prononcer. Ensuite, vous retrouverez le sommeil, dans un esprit de clarté. Et le jour suivant, au réveil, vous possèderez la réponse.

— Et comment reconnaître l'Ange ?

— C'est le soixante-douzième qui se présentera dans votre cœur, son nom est Mumiah. Le vôtre, cher professeur, est le premier, le maître de ces armées, Gabriel.

Neuvième jour. Mardi. 17 h 00.

Pierre et Frédéric remontèrent du sanctuaire. Ils avaient étudié la roche translucide et ces formes flottant dans le liquide opaque. Pierre, affaibli, avait été bouleversé par cette vision. Le médecin l'emmena marcher autour du site.

— Quand je pense que je devrais être là... à... euh, la brouette... enfin, vous voyez.

— À l'heure qu'il est. C'est ça ?

— Oui. Exactement.

— Je n'aurais pas dû vous laisser descendre. Il vous faut éviter le stress.

— Ce n'est pas l'endroit idéal pour ça. Mais comment vous dire, cher... docteur. Je tiens à vous... Je vous remercie de vous occuper de moi. Sans vous, je ne sais pas... vous voyez. Est-ce que je vais guérir ?

— Vous savez, c'est d'abord Claude et Maya qu'il faut remercier. Je pense que leur persévérance et leurs étranges rituels vous ont sauvé.

— C'est vrai, docteur, ces paroles si bizarres... on n'y comprend... D'ailleurs, où sont-ils ?

— Je crois qu'ils sont retournés chez les kabbalistes. Le processus semble avoir échoué, aujourd'hui.

— C'est-à-dire que le... il est mort ?

— Le neuvième ? Oui, je le crains, ils n'ont pu l'empêcher.

— On sait qui c'est ?

— Non. La porte s'est ouverte. Et puis, je crois qu'ils ont vu, à travers la stèle, le visage d'un inconnu.

— Mais Frédéric, vous croyez vraiment... ce sont de vrais morts que l'on voit à travers cette... quelle est cette matière ?

— Pierre, je n'en ai pas la moindre idée. Je n'ai jamais vu ça. On dirait des blocs de pierre de lave ou du cristal noir veiné. Quant aux corps qu'on devine, je n'arrive pas à me faire une idée. C'est peut-être un savant jeu d'optique. Une sorte de tour de magie inventé par les oracles à partir de l'image d'une sculpture. C'est difficile à interpréter. Mais l'idée que cela pourrait être véritablement les victimes... Non. C'est insensé. Rien que d'y penser... Pourtant, c'est bien un corps d'enfant qui semble reposer sous la première.

— Mais d'ailleurs, il y a une forme sous la... enfin... la carotte... non, non, sous la...

— La huitième stèle, la vôtre, c'est ça ?

— Oui. Oui.

— Effectivement, il y a bien un corps. Ce devrait être vous.

— Arrêtez. C'est horrible. Avez-vous remarqué ? Comment vous dire ? Ces formes sont un peu comme des danseurs, avec de drôles de postures.

— C'est vrai. D'ailleurs ça m'a frappé. Regardez, j'ai réalisé des esquisses dans mon carnet.

Pierre observa attentivement les dessins. Soudain, il pâlit, se mit à trembler.

— Calmez-vous, lui dit le médecin. Je vous ai dit de faire attention.

Pierre entraîna Frédéric vers le réfectoire, arracha une feuille, puis commença à reprendre les contours en les simplifiant.

— Regardez, Frédéric. Cela ressemble à des lettres hébraïques.

— Vous avez raison. Mais nous avons d'abord un problème concret à régler : on ne parvient pas à percer les parois des chambres, ni sur les côtés, ni sous le sol.

— Nous devrions accepter la proposition du banquier mormon qu'Edward nous a envoyé. Il est prêt à financer nos recherches. Cela nous permettrait d'avancer. Je pense à notre… vanille, moi.

— Notre avenir, c'est ça ?

— Oui, enfin, bon, vous voyez.

— Eh bien, Pierre, en tout cas, tout cela vous a remis d'aplomb. Mais pour Maya et le professeur, le temps presse. La date fatidique est vendredi. Nous sommes mardi, alors…

— Ah, nous sommes…. déjà… Je ne sais pas, mais je n'arrive plus à me représenter… les fleurs.

— Vous voulez dire les jours ? C'est ça ?

— Oui. Bien sûr.

— Le neurologue avait raison : votre amnésie

est très spécifique, elle ne concerne que les vocables se rapportant aux heures, aux jours, aux mois, aux années.

— Combien de…

— Temps cela peut durer ? Écoutez, Pierre, vous faites des progrès constants, tout devrait s'arranger. Je vais examiner la proposition du banquier.

— Et moi, il faut que je rappelle le journaliste du *Washington Post*. Je m'y suis… enfin, je lui ai promis.

— Vous voulez dire John Cinghart ? Il est venu ce matin.

— Il a parlé à quelqu'un ?

— À Claude, je crois.

— Il a réussi à parler avec Friedmann ? C'est épouvantable. Il a dû le piéger.

— En tout cas il s'est évaporé, comme par enchantement.

— Enfin, enchantement, à son propos…

— Tenez, c'est Claude et Maya, demandons-leur.

— Regardez leur démarche, on dirait qu'ils flottent. Ces visites à la kabbale… je ne sais pas. Je n'aurais pas dû leur présenter ces gens.

— Mon cher ami, sans eux, vous ne seriez peut-être plus là.

Le médecin avait pour lui de l'affection, bien

qu'il eût parfois du mal à suivre son esprit tortueux.

Maya et le professeur avaient franchi de nombreux barrages pour accéder au site. Ils retrouvèrent les deux hommes dans le réfectoire.

— Il ne sera bientôt plus possible d'entrer ni de sortir, dit Friedmann. Mais, Bon Dieu, qu'est-ce que ces gens attendent ?

— Ce sont les mystères de l'archéologie. Ça les passionne.

— Pierrot, vous êtes en pleine forme. Enfin une bonne nouvelle. Votre accident n'aura pas fait trop de dégâts.

— Non, juste pour les... vous voyez.

Claude se tourna vers Frédéric.

— Il est fâché avec les dates ? J'aimerais bien les oublier moi aussi.

— Qu'envisagez-vous ? poursuivit Pierre.

— Nous sommes allés rendre visite à votre ami Mansour.

— Il sait ce qui se passe ici ?

— Il semble même le savoir mieux que nous, répondit Maya.

— Peut-il nous aider ?

— En tout cas, dit Friedmann, il fait tout ce qui est en son pouvoir. Mais apparemment, il ne peut agir lui-même. Il doit intervenir à travers nous.

— C'est étrange, détenant de telles connaissances, qu'est-ce qui l'empêche de le faire ? demanda le médecin.

— Selon lui, ce serait sans effet. Seuls ceux qui sont directement concernés par le danger sont en mesure de le contrer. Ne me demandez pas pourquoi. La réponse, d'après lui, prendrait trop de temps. Le nôtre est compté. En fait, j'ai senti qu'il ne voulait pas expliquer certaines choses à un non-initié.

— Mais justement, interrogea Pierre, ne faut-il pas connaître ces secrets pour y parvenir ?

— Si.

— Mais alors, comment faire ?

— Avons-nous le choix ? murmura Claude.

Il mesurait à quel point leur démarche était aléatoire, face à un ennemi inconnu, au temps inexorable. La mort égrenait les secondes, tel un métronome. Leur vie ne tenait qu'au fil d'un rêve, à l'apparition d'un ange détenant les clefs de leur destin. Le combat était inégal.

Frédéric sentit le désespoir gagner le vieil homme. Il intervint :

— Nous avons tout de même l'exemple de Pierre, sauvé par un simple mot. Cela prouve que la science des kabbalistes est juste et efficace. Qu'en pensez-vous Maya ?

— Est-on sûr qu'il s'agissait bien de lui ? Il n'avait pas, comme nous, reçu d'avertissement.

— D'ailleurs, ajouta Pierre, il y a un autre corps sous ma stèle.

— Je n'ai aucune certitude sur ce que nous croyons apercevoir sous ces dalles, dit Frédéric. La nature des phénomènes auxquels nous sommes confrontés ne fait en rien écho à nos connaissances. Nous sommes devant des puissances oubliées depuis des siècles. Les kabbalistes ont perpétué ce savoir, il faut leur faire confiance. Suivez leurs conseils. Faites une ultime tentative demain, au petit jour, et si, malheureusement, cela devait échouer, il nous resterait vingt-quatre heures pour trouver une autre solution.

— Je suis d'accord avec vous, répondit Maya. Claude, nous devons arrêter de tergiverser, vous venez de le dire : nous n'avons pas le choix.

Il leur fallait, maintenant, entrer dans le sommeil rituel, afin d'y trouver la réponse. C'était pour eux un douloureux paradoxe. Tout, dans leur vie, les avait préparés à l'inverse. Et ils devaient désormais avancer dans des sables mouvants, affronter le danger, garder les yeux ouverts tout en les fermant, rencontrer l'ennemi, sonder l'inconscient, s'abandonner aux ténèbres.

— Avec tout ça, dit Claude, j'ai peur de ne pas arriver à m'endormir.

— Pour ma part, je tombe de sommeil. Après tout, s'il faut mourir, autant ne pas s'en apercevoir. Je vous laisse dîner entre hommes. Je n'ai pas faim.

Rajan, Karl et Zoltan arrivèrent. Friedmann, entouré de son équipe, donnait l'impression d'assister à son dernier repas. Mais la peur lui était devenue familière. Ils mangeaient, buvaient, bavardaient. Pierre évoqua Cinghart.

— Alors, celui-là, dit Claude, je me demande quelle abeille l'a piqué. Il m'a menti sur son identité avec un aplomb… et puis, pffuit, il a disparu.

— Quelle identité ? interrogea Pierre, soudain inquiet.

— Son nom était soi-disant un pseudonyme, il n'était pas celui que l'on croyait, et je ne sais quoi encore.

— Comment vous a-t-il dit qu'il s'appelait ?

— Attendez, Pierrot, attendez, j'ai un trou de mémoire, votre truc devient contagieux. Laissez-moi réfléchir… Ah oui, voilà : Abanassiev.

— Quoi ? Mais c'est le correspondant du *Washington Post* à Moscou !

— Comment savez-vous ça ?

— Je l'ai rencontré quand nous étions en Afghanistan. C'est un fou d'archéologie.

— Mais pourquoi Cinghart s'est-il servi de son nom ?

Pierre semblait de plus en plus nerveux. L'émotion désorganisait son langage. Frédéric lui dit :

— Je vous en supplie, calmez-vous, votre tension va monter.

— Vous avez raison, docteur, je crois que… j'éviterai de lire la presse.

Neuvième jour. Mardi. 21 h 00.

Maya s'allongea sur le dos. Elle essaya de se détendre en respirant lentement. Elle voulait rejoindre ce rêve qui devait venir, pour tenter de comprendre. Subitement, elle sombra.

La jeune femme était sur un canapé de velours grenat, dans une pièce emplie de tableaux, d'objets. Sur un bureau de bois massif étaient posées des statuettes antiques et primitives. Elle lisait un article dans une revue datée de 1932, dont le titre était : « Rêves et occultisme ». Elle leva les yeux. Un homme assis à ses côtés passait ses doigts dans sa barbe blanche.

— Je ne savais pas que vous aviez une telle fascination pour ces choses, lui dit-elle.

— Si on m'accordait une seconde vie, je m'y consacrerais exclusivement.

— Pourquoi ?

— Vous savez, il existe des mystères entre le ciel et la terre, difficiles à croire. J'avais été frappé, lors d'un voyage en Grèce, en 1904, par la répétition fréquente d'un chiffre. Je le voyais partout, sur mon billet de train, sur les panneaux au bord des routes, sur des monuments. C'était le 62. En arrivant à Athènes, je fus soulagé que ma chambre d'hôtel soit au troisième étage. Mais elle portait le numéro 31 : la moitié de 62. À partir de ce séjour, et durant six ans, je fus sans cesse confronté au 31.

— Peut-on lutter contre la force des nombres ? Pourriez-vous agir à travers eux, si un danger menaçait ma vie ? lui demanda-t-elle.

L'homme âgé se baissa. Puis, saisissant une de ses pantoufles, il visa avec adresse une splendide statue égyptienne, et la brisa.

— Voilà, dit-il. Je venais de l'acheter. Je l'aimais beaucoup. Votre salut vaut bien une statue.

— Comment vous remercier ? Puis-je moi aussi vous être de quelque secours ?

— Je ne sais pas, ma jeune amie. Il y a bien cet homme croisé ce matin… Je l'ai longuement regardé. Il me ressemblait comme un frère, je suis sûr qu'il était l'augure de ma disparition.

— Comment pourrais-je le neutraliser ?

— Je crois qu'il s'appelle Moïse.

— Moïse, répéta Maya, mais n'avez-vous pas écrit de curieuses analyses à son propos ?

— Qu'ont-elles de si particulier à vos yeux ?

— Vous dites qu'en vérité, c'était un prince égyptien, qu'il avait puisé sa foi dans le monothéisme d'Ikhnaton au XIVe siècle avant J.-C., qu'il a été assassiné. De là vous déduisez que l'inconscient du peuple juif a développé un profond sentiment de culpabilité.

— Oui. Et alors ?

— Connaissez-vous Sargon Ier ?

— Qui est-ce ?

— Mais le premier grand roi d'Akkad, qui a régné sur la Mésopotamie de 2335 à 2279 avant J.-C. Cinquante-cinq ans de règne pendant lesquels l'akkadien devint l'écriture officielle.

— Pourquoi me parlez-vous de lui ?

— Sargon était le fils d'un inconnu et d'une prêtresse d'Azupirâm, au bord de l'Euphrate. Sa mère, l'ayant conçu dans le péché, abandonna l'enfant dans un couffin d'osier. Il descendit le fleuve jusqu'à la ville de Kis, où il fut recueilli par Aggi, un puisatier, qui l'éleva, lui apprenant le métier de jardinier.

Mais la déesse Ishtar s'éprit de cet enfant et l'adopta. Ainsi, il put monter sur le trône après s'être rebellé contre son roi. Il prit le commandement d'un groupe de fidèles compagnons, fonda une nouvelle capitale au confluent de l'Adiyala et du Tigre, Agade. Sa vie et son œuvre donnèrent naissance à des contes et légendes, tel Gilgamesh, où apparaissent certaines mythologies reprises ensuite dans la Bible.

Le vieil homme écoutait tout cela avec stupéfaction.

— Je ne vois pas où vous voulez en venir avec ce récit. L'avez-vous inventé ?

— Mais non, docteur, cinquante ans de fouilles, depuis 1945, viennent confirmer ces faits.

— Mais, mon enfant, nous sommes en 1939.

Maya sentit que cette réponse allait la réveiller. Son rêve risquait de prendre fin avant que l'Ange n'ait pu apparaître. Elle se raccrocha au songe et enchaîna :

— C'est entendu. Après tout, que le monothéisme vienne de l'Égypte ou de la Mésopotamie, ça n'a pas d'importance. Quel rapport entre ces religions primitives et vos théories ?

— L'une d'elles, peut-être, vous guidera. Elle trace une ligne de partage entre le royaume de la lumière et celui des ténèbres. Comme pour ce qui se passe en vous, dans votre propre vie, ce qui apparaît à votre conscience, et ce qui reste enfoui.

— Par exemple ? dit-elle.

Le vieillard se leva en silence, se dirigea vers la porte et l'ouvrit lentement. Un rayon de lumière pénétra l'espace. La silhouette d'un tout jeune homme se profila et glissa sans bruit à ses côtés. Elle regarda son visage. Ses traits lui rappelaient quelqu'un. Pourtant elle ne l'avait jamais vu.

— Êtes-vous celui que j'attends ? demanda Maya.

— Je suis venu t'apporter le mot.

— Comment être sûr que c'est bien vous ?

— Je suis le soixante-douzième ange, le dernier sous les ordres de Gabriel. Mon nom est Mumiah.

— Donc vous m'apportez la parole, celle qui doit me sauver ?

— Oui. Mais j'étais déjà là, près de toi, et tu ne m'as pas reconnu. Le secret est à portée de main. La solution est en toi. Elle est toi.

— Vous voulez dire dans mon propre nom ?

Il s'était assis dans le fauteuil. Maya était debout, le fixait. Elle le connaissait. Qui était-il ?

Le vieil homme la regardait en caressant sa barbe de sa main droite. Il dit :

— Maya. Quel curieux prénom pour une archéologue.

Elle se réveilla en sursaut.

Dixième jour. Mercredi. 00 h 45.

La soirée s'éternisait. Friedmann et son équipe discutaient, buvaient, oubliaient le temps. Le professeur se résolut pourtant à regagner sa tente. Il s'allongea, cherchant le sommeil, mais ses pensées l'empêchaient de faire le vide.

L'idée d'un rêve au cours duquel un ange viendrait lui parler le perturbait. Il avait, tout au long de sa vie, combattu la psychanalyse, prenant ses praticiens pour des charlatans. Il aimait dire à ceux qui l'interrogeaient qu'il n'avait pas d'inconscient, et qu'il ne se souvenait jamais de ses rêves. Cet univers était pour lui la boîte de Pandore des états d'âme. Jamais il ne se confiait. Aucun propos intime. Des anecdotes. Oui. Des plaisanteries. D'accord.

Il refusait le monde de l'irrationnel, son imagerie naïve. Il voulait maîtriser les événements. Que personne ne décide à sa place. S'il fallait trouver le chemin du songe, que ce fût pour le guider, en rester maître.

Il pensa à ce village situé à vingt-cinq kilomètres au sud-est de Megiddo : Galqamus. Ce nom lui rappelait un incident passé. Quelques années auparavant, une équipe d'archéologues américains avait débarqué à Megiddo pour y effectuer des fouilles. Des mois après leur départ, un berger découvrit par hasard, dans un remblais de terre, à trois mètres du site, un fragment d'argile datant du XIVᵉ siècle avant J.-C. Un texte y était gravé sur six colonnes. Il s'agissait de la septième tablette sur les douze qui composent l'Épopée de Gilgamesh, le premier grand récit de notre civilisation.

Ces faits le hantaient. Chaque fois qu'il creusait, dans le sable, dans la terre, il ne pouvait s'empêcher de penser que quelque chose de fondamental était peut-être à sa portée et qu'il risquait de ne pas le trouver. Depuis son arrivée à Megiddo, le nom de ce village, sa ressemblance avec celui du héros de ce poème cheminaient dans son esprit. N'était-ce pas là qu'il aurait fallu chercher ?

Ce texte retrouvé par le berger évoquait la mort d'Enkidu, l'ami de Gilgamesh, son double, dont le trépas le hantera le reste de son existence. Rêver à cela lui plaisait : il s'endormit.

Il était devenu géant, portant une immense barbe. Il régnait sur Uruk en despote, martyrisant sa population, lui infligeant de terribles vexations. À tel point que les Urukiens en appelèrent aux dieux, qui créèrent Enkidu, afin de lui opposer un rival. Claude, devenu Gilgamesh, au lieu de haïr cet adversaire, ressentit pour lui une amitié profonde, une passion dévorante.

C'est au cours de la maladie et de la disparition de cet homme aimé qu'il éprouva l'impérieux besoin de chercher le secret de l'immortalité au fond des abîmes.

La septième tablette apparut. Il put lire le rêve d'Enkidu agonisant :

Écoute, mon ami, le songe de cette nuit.
Les cieux hurlaient. La terre répondait.
Entre les deux je me tenais debout.
Une présence, au visage sombre, était là.
Ses mains étaient des pattes de lion.
Ses ongles des serres d'aigle.
Il me saisit par les cheveux, et me maîtrisa. Moi.
Je le frappais, mais il virevoltait comme une corde.
Il me frappa, et me submergea, telle une trombe d'eau.
Comme un buffle, il me piétina.
Il étreignit mon corps tout entier.
Sauve-moi, mon ami ! criai-je.
Mais tu ne l'as pas fait.
Tu as eu peur au point de ne pas intervenir. Toi.

Dans son sommeil, le professeur se sentait coupable de n'avoir rien tenté pour sauver son ami. Il voulait qu'il revive. Il implora le dieu Soleil :

— Que le spectre d'Enkidu puisse sortir du pays

des morts. Qu'il puisse raconter à son frère les règles de cette contrée.

Une barque apparut, glissant sur les eaux calmes du fleuve. Debout, un très jeune homme, au visage et au regard sombres. Ses traits lui étaient familiers. Mais impossible de le reconnaître.

— Es-tu Enkidu revenant du royaume des spectres ?

— Non. Je suis Gabriel, venu pour te délivrer le mot qui ouvrira la douzième porte.

— Qu'est devenu Enkidu ?

Friedmann s'entendit prononcer ces paroles et regretta aussitôt de les avoir laissées s'échapper, craignant la réaction de l'Ange.

— Puisque tes pensées ne vont que vers lui, répondit Gabriel, je te laisse avec ce nom, tu y trouveras peut-être le secret qui te sauvera.

L'embarcation tourna sur elle-même et disparut dans la brume épaisse. Le professeur comprit qu'il avait échoué dans le dialogue avec l'Ange. Aussitôt, il ouvrit les yeux.

Dixième jour. Mercredi. 6 h 20.

Et l'aube se leva. Durant la nuit, la fièvre était montée autour du site. Plusieurs témoins de Jéhovah avaient tenté de forcer le barrage, pour prier dans le sanctuaire. Une rixe avait éclaté, faisant des blessés. L'état-major envisageait l'évacuation de tout le périmètre.

Claude se leva et partit rejoindre Maya. Elle s'était habillée à la hâte. La jeune femme avait la mine pâle et les traits tirés.

— Vous n'avez pas l'air bien. Ça ne va pas ?

— Claude, je ne sais pas comment vous expliquer.

— Vous n'avez pas réussi à dormir, à rêver ?

— Si, mais ce qui m'est arrivé est difficile à interpréter. Le message n'est pas clair. Je pensais trouver un mot, un nom. Mais là je suis perdue.

— Essayez de me raconter, de me décrire ce que vous avez vu. Nous allons chercher ensemble.

— J'étais chez un monsieur très âgé, qui ressemblait à Sigmund Freud, et nous avons parlé de Moïse.

— Eh bien, c'est peut-être tout simplement ce nom. Parce que Freud, je ne suis pas sûr que cela dise grand-chose aux Chaldéens.

— Claude ! S'il vous plaît, arrêtez. Ensuite un jeune homme m'est apparu. Il devait être l'Ange Mumiah dont Mansour nous a parlé.

— Vous l'avez vu. Ça a donc marché.

— Oui, mais il n'a pas voulu me dire le mot. Il a prononcé une phrase telle que : c'était moi, ou en moi. Bref, je n'ai plus qu'à trouver. Puis il a ajouté qu'il était déjà venu, comme si mon attitude l'avait vexé. J'étais embarrassée, je ne savais pas quoi dire. Pourtant j'ai le vague sentiment de le connaître. Il semblait à peine sorti de l'enfance.

— Comme c'est étrange, Maya. Celui qui est venu dans mon rêve était aussi très jeune, et j'ai eu également l'impression qu'il m'était familier. En tout cas il s'est présenté. C'était bien Gabriel. Mais il incarnait Enkidu, l'ami de Gilgamesh. J'ai vu la septième tablette, celle qui se trouve au British Museum. Quel songe ! Quel luxe de détails ! Je me demandais si je ne devais pas faire des fouilles à Galqamus. Non, ça, c'était avant. J'étais le roi d'Uruk. C'était drôle, ça m'a enchanté. J'étais un vrai despote, comme dans la vie. Non, je plaisante. J'étais fou amoureux d'Enkidu. Pensez-vous que cela veuille dire quelque chose ?

— Claude, mais vous êtes complètement inconscient ! Savez-vous quel jour nous sommes ?

— Je sais, Maya, le dixième. Laissez-moi vous raconter ce que la Cabaretière dit à Gilgamesh.

— Ça fait partie de votre rêve ?

— Oui, je crois. Elle s'adresse ainsi au surhomme qui poursuit l'immortalité :

Gilgamesh, où donc cours-tu ?
La vie que tu poursuis, tu ne la trouveras pas.
Quand les dieux l'ont créée
C'est la mort qu'ils ont réservée à l'humanité.
La vie, ils l'ont retenue pour eux entre leurs mains.
Toi, Gilgamesh, que ton ventre soit repu.
Jours et nuits réjouis-toi
Chaque jour fais la fête
Danse, joue de la musique…

— Bon, d'accord, Claude, mais l'Ange vous a-t-il dit le mot ?

— Non, comme avec vous, il semble s'être vexé, parce que je m'intéressais à Enkidu. D'ailleurs, je l'avais pris pour lui. Mais j'ai cru reconnaître son regard sombre. Croyez-vous que c'était la même incarnation dans nos deux rêves ?

— C'est possible. D'après votre description, ils se ressemblent, mais à qui me fait-il penser ? Ça m'obsède.

— Il faut tout raconter à Mansour, il pourra peut-être nous aider à trouver le mot ouvrant cette maudite dixième porte. C'est curieux que vous vous soyez retrouvée chez Freud. Comment était-il ?

— Fasciné par l'occultisme.

— Cela ne me surprend pas.

— Il me parlait d'une angoisse. Il avait croisé son sosie et pensait que ce double était l'oracle de sa propre fin.

— Tiens, cela me fait penser à quelque chose. Enkidu était d'une certaine façon un autre moi. J'ai vécu sa mort comme si c'était la mienne.

Le reste de l'équipe les attendait dans le local technique. Pierre était en ligne avec Laura. Elle cherchait Edward. L'ambassadeur avait appelé chez elle la veille, car il l'attendait pour dîner, mais le jeune diplomate n'était pas venu. Son portable était débranché. Plus aucune nouvelle. Il semblait s'être volatilisé. Peut-être était-il en route pour Megiddo. Elle pria qu'on la prévienne immédiatement s'il venait les rejoindre.

Leo Sapersteen avait également demandé que l'on faxe au professeur un article du *Washington Post* qu'il avait reçu avant sa publication. Il devait sortir ce matin.

Ils se rendirent au réfectoire, où Maya leur en fit la lecture. Il décrivait, avec une incroyable précision, toutes leurs découvertes : le sanctuaire, les chambres funéraires ouvertes… Suivait la liste des neuf premières victimes : Benjamin Kern, Neil

Lambden, Simon Chevalier, Serge Finkelstein, Assir Benassan, Jonathan Kugel, Olivia de Lambert, Pierre Grün, Cyril Abanassiev.

L'article révélait que ces morts étaient l'amorce d'une opération terroriste importante fomentée par un nouveau groupe islamiste : les Fondamentalistes. Elle devait, au terme de douze jours, aboutir à la découverte du tombeau secret de Josias à Megiddo. Là se trouveraient les preuves que la Bible avait été commandée par ce roi pour justifier sa conquête des territoires de la Palestine. Le reporter prétendait avoir trouvé chez les Fondamentalistes la source des messages que certaines personnes recevaient sur leurs portables. Puis un encadré décrivait la méthode utilisée. Ils avaient mis au point un système de serveurs internet destinés à la mise en scène du compte à rebours. Le journal montrait les images de la pendaison de Benassan et celles sur lesquelles travaillait Olivia de Lambert. Le malheureux Cyril Abanassiev semblait avoir identifié ce dispositif au péril de sa vie.

Selon le journaliste, c'était le prélude à une série d'attentats, visant des monuments symboliques en Israël, aux États-Unis et dans différents pays d'Europe. Cette offensive portait le nom : « Opération Megiddo ».

Maya s'arrêta de lire.

— Qui a écrit ce tissu d'inepties ? demanda Claude, la voix blanche.

— C'est signé John Cinghart.

Pierre était effondré.

— C'est un scandale ! Ils annoncent que je suis… retors… torma… que je suis… matador ! Enfin, vous avez entendu…

— Oui, Pierre, il dit que vous êtes mort, répondit Claude. Quand Cinghart est venu ici, vous étiez à l'hôpital, vous deviez être sur sa liste, il n'a pas vérifié. Cet imbécile voulait à tout prix prendre les autres de vitesse. Il n'allait pas laisser un jour sans victime, cela aurait décrédibilisé ses révélations.

— C'est donc la seule chose qui vous ait frappé, dans cet article ? demanda Maya, agacée.

— C'est une catastrophe ! dit Frédéric. Qu'allons-nous faire ?

— De ce côté-là, malheureusement, plus grand-chose, répondit le professeur. Si tout cela est vrai, l'urgence est de contrer ces terroristes. Mais je n'arrive pas à croire que ce que nous avons découvert fait partie d'une mise en scène. Ou alors, c'est Hollywood.

Frédéric reprit :

— J'ai pourtant l'impression que les corps, sous

les dalles, sont des projections réalisées à partir d'images fixes. Des sortes d'hologrammes.

— Et ces messages sur les portables, ces tablettes de l'Apocalypse, dit Claude, quelle recherche, quelle minutie dans leur préparation !

— Vous croyez qu'ils trament tout ça depuis… de longue… essaya de dire Pierre.

— Oui, depuis longtemps, répondit la jeune femme. Nul doute que si l'« Opération Megiddo » est l'œuvre des Fondamentalistes, ils ont dû mettre quelques années pour la préparer. D'ailleurs, je ne me rappelle plus comment ça s'est passé exactement pour engager les fouilles. D'où est-ce parti, Claude ?

— En fait, d'une proposition de Pierre, suite aux conditions dans lesquelles avait été trouvée la septième tablette, à trois mètres des fouilles effectuées par les Américains. Il m'avait dit qu'il fallait peut-être prendre cette direction. Vous vous souvenez, Pierrot ?

— Bien sûr, vous m'aviez parlé du village de Galqamus, à vingt-cinq kilomètres. Et puis vous avez préféré venir ici.

— C'est vrai. Mais comment en étiez-vous venu à vous intéresser à la relique du British Museum ?

— À partir du rapport que vous m'aviez envoyé, évidemment !

— Pierre, je ne vous ai jamais rien transmis à ce sujet !

— Attendez. Attendez... mais... J'ai cru que cela venait de vous. Tous les éléments sur lesquels vous travaillez s'y trouvaient. Claude, je vous assure, ce parrot... ce rempart... ça ne pouvait venir que de vous.

— Bon sang Pierre ! Ce n'était pas moi. Quelqu'un d'autre vous l'a expédié.

— Vous pensez que j'ai été manipulé ?

— Si le *Washington Post* dit vrai, nous l'avons tous été.

Le professeur se sentait las. Il s'excusa auprès de ses compagnons et se retira, après avoir demandé à Maya de le rejoindre.

Lorsqu'elle le retrouva, Claude était penché sur ses croquis. Il avait reconstitué un zodiaque et cherchait à y deviner qui serait la dixième victime. Ce devait être un Gémeau offert au dieu du Mercredi sous la domination de Mercure. Le condamné serait né un 21 mai 1930. Le nom inscrit sur la stèle devait être MU-UZU.

Friedmann étudiait l'histoire de ce dieu baby-lonien, régnant sur les Gémeaux. Maya regardait les lettres tracées.

— Claude, vous ne croyez pas à la théorie du complot des Fondamentalistes. Vous restez sur votre hypothèse, n'est-ce pas ?

— Absolument, Maya. En revanche, je tiens compte de ce qui nous est arrivé cette nuit, dans nos rêves.

Il lui tendit une feuille où deux noms étaient écrits l'un en face de l'autre :

SE-MOHI = MOÏ-SE.

— Le premier est le nom hébraïque de Mu-Uzu. Claude, pensez-vous que c'est à travers lui que s'est formé le mythe de Moïse ?

— En quelque sorte, comme dans un jeu de miroir.

— Ou comme la figure des Gémeaux.

— Oui, Maya, celui qui doit disparaître aujourd'hui est un double, et le nom que nous devons prononcer est tout simplement Moïse. Venez.

Dixième jour. Mercredi. 10 h 00.

Le sanctuaire les attendait. Devant la dixième porte, ils nommèrent les lettres hébraïques de celui qui donna les tables de la Loi. Et la porte s'ouvrit. Ils pénétrèrent dans une pièce glacée par des siècles de vide. La stèle était semblable aux autres. Elle déclinait les divinités placées sous les ordres de Mercure. Tous deux commencèrent à enlever l'épaisse couche de poussière qui la recouvrait. Ils firent briller la dalle, essayant de regarder derrière cette pierre translucide. Mais rien n'apparut. Aucune présence dans la sépulture. Un grondement sourd résonna. La porte venait de se refermer. Ils étaient prisonniers du dixième tombeau.

— Claude, nous sommes pris au piège.

— Les dieux résistent, Maya. Pensiez-vous qu'ils allaient nous laisser faire sans se fâcher ?

— En attendant, nous voilà bien. Je ne sais pas quelle quantité d'oxygène contient cette pièce.

— Ma chère, nous sommes punis d'avoir essayé de mettre leur projet en échec.

— Mais lequel ?

— Ils réclament douze sacrifices dans un ordre précis, décidé par eux. Les mages chaldéens ont symbolisé ce cercle par un dessin nous permettant d'accéder à la dernière chambre. Ainsi, leur prédiction s'accomplira. Ils veulent que nous leur obéissions. C'est aussi simple que cela.

— Mais si nous accomplissons leur volonté, c'est nous qui, à la fin, serons sacrifiés.

— Maya, si nous agissons comme nous venons de le faire, ils n'attendront pas vendredi pour nous exécuter.

Au fond, elle savait que le professeur avait raison. Il fallait le suivre, se plier à la volonté inexorable des dieux, se soumettre à leur dessein.

— Comment rattraper notre erreur ? Est-ce trop tard ? demanda-t-elle.

— Je crois qu'il faut suivre leurs indications. Cesser de combattre.

— Mais comment leur faire comprendre que nous acceptons ? Ils n'ont sans doute plus confiance.

— Oui, mais si nous les en persuadons, peut-être, en retour, nous pardonneront-ils.

— Que faire, monsieur le professeur ?

— Eh bien, ma chère, à quelle extrémité sommes-nous réduits pour que vous m'appeliez ainsi !

— Claude, franchement, toujours ce besoin de plaisanter dans des moments pénibles. C'est agaçant.

— Allez, cher ange, ne soyez pas si dure avec votre vieux barbon. J'ai peut-être une idée. Les dieux réclament un double, n'est-ce pas ?

— Si vous le dites. Que leur proposez-vous ?

— Le mien.

— Quoi ? Vous en avez un ?

— Nous en avons tous. Souvenez-vous de l'obsession du docteur Freud, dans votre songe. Elle tournait autour de la figure de Moïse. D'ailleurs, c'est bien grâce à ce nom que nous sommes entrés ici.

— Je vous suis.

— Cette porte fonctionne peut-être dans les deux sens. Si nous leur offrons un double en sacrifice, le mien par exemple, il est possible qu'elle s'ouvre à nouveau, nous laissant sortir.

— Essayons, Claude, mais je ne vois pas de quelle manière.

— J'aimerais me pencher seul sur la stèle pour voir ce qui se passe.

— Claude. Faites attention. Laissez-moi vous dire… Enfin, je tiens à vous plus que tout au monde.

— Drôle d'endroit pour une déclaration. Moi aussi, mon petit. Mais il ne reste que deux jours.

Sur ces mots, il se dirigea vers la dalle, s'allongea, face contre la matière. Il y eut un éclair lumineux et la roche devint transparente telle l'eau d'un lac. Progressivement, la chambre s'y refléta comme dans un miroir. Le spectre de Friedmann apparut.

— Voici mon double, dit-il en se relevant. À l'instant où je vous parle, il doit être mort.

Ils se retournèrent. La porte était grande ouverte. Il prit la jeune femme par la main et ils sortirent sans attendre.

Le calme était revenu sur le site. Les autorités avaient évacué le périmètre. La foule attendait dans la vallée de Jezréel. Maya désirait raconter à Edward les événements des heures passées. Elle appela Laura. Le jeune diplomate n'était toujours pas réapparu. Tous s'inquiétaient. L'article avait déclenché un véritable cataclysme. Les appels du monde entier paralysaient les services de l'ambassade. La terreur des attentats, la suspicion généralisée provoquaient une telle panique que les réunions, conférences, pourparlers avaient été suspendus. On craignait qu'Edward n'ait été enlevé. Il n'était pas exclu que cela fasse partie du plan des Fondamentalistes. Le jeune homme avait également reçu des messages de menace désignant la onzième victime. Maya craignait le pire. Jamais, depuis leur rencontre, il ne l'avait laissée aussi longtemps sans nouvelles. Friedmann, au loin, lui faisait des signes. Mansour était arrivé. Claude s'était assis devant sa table. Le Grand Maître marchait de long en large, l'air soucieux.

— Nous vous attendions, dit Claude. Nous allions venir vous parler de nos rêves, mais vous nous avez devancés.

— Effectivement. Ce que j'ai à vous révéler est très délicat. J'aimerais que vous me promettiez le secret absolu.

— Cher monsieur, nous nous y engageons. Nos échanges ont toujours été placés sous le signe de la plus grande confidentialité. N'est-ce pas, Maya ?

— Bien sûr. Silence total. C'est promis.

— Je vous en sais gré. Avez-vous eu connaissance de cet article paru dans le *Washington Post* ?

— On nous l'a faxé tout à l'heure, dit Claude. Vous êtes déjà au courant ?

— Oui. Nous avons été prévenus. Ce papier soulève de nombreux problèmes. Il sous-entend que ce qui se passe ici est le fait d'un groupe qui se fait appeler les Fondamentalistes. Ce serait une nouvelle forme de terrorisme visant des cibles symboliques. C'est étrange, car celui qui a écrit cela semble détenir des informations précises, mais, par ailleurs, il raconte toutes sortes d'invraisemblances.

— C'est dans leurs habitudes, répondit Friedmann.

— Oui, mais il y a un point crucial, sur lequel il ne sait rien, pour la simple raison que tout le monde l'ignore en dehors de nous.

Mansour marqua un temps. Il cherchait à maîtriser chacun de ses mots, continuant à réfléchir sur l'opportunité de sa confidence.

— Nous vous avons promis le secret. Parlez, s'impatienta le professeur.

— Souvenez-vous de votre première visite chez

nous. Vous étiez en compagnie d'un jeune homme. Vous nous l'avez présenté comme un membre de votre équipe.

Friedmann regarda Maya, gêné par cette remarque. Fallait-il continuer à mentir, ou leur dire qu'Edward n'était pas archéologue ? Il haïssait le mensonge. C'était chez lui une question de principe. Il était dégradant de mettre son intelligence au service de la tromperie.

La jeune femme trancha :

— Nous vous avons menti. Il travaille à l'ambassade des États-Unis.

— Et il était venu pensant que les messages reçus sur les portables provenaient de notre école, n'est-ce pas ?

Claude et Maya étaient de plus en plus embarrassés par la tournure que prenait la conversation. Leur survie pouvait dépendre de cet homme. Ils s'étaient rendus complices d'une attitude malsaine à son égard.

— Nous avons fait une erreur, dit Friedmann. Nous ne vous connaissions pas.

— Ce diplomate n'avait pas complètement tort. Sa mission était d'identifier et de surveiller les Fondamentalistes. Sur les images transmises, avez-vous remarqué que leurs visages sont dissimulés derrière des chèches ?

— En effet, répondit-elle.

— Pourquoi dites-vous cela ? demanda le professeur.
Maya était devenue livide.

— Vous voulez dire que les Fondamentalistes…
c'est… c'est vous ?

Mansour resta silencieux.

— Mais dans quel but ? Quel sens cela a-t-il ?
demanda Claude. Alors ce qui est dit dans l'article
est… ?

— Totalement faux, laissa tomber le Grand
Maître. Nous sommes bien placés pour le savoir. Je
n'ai pas le droit de tout vous expliquer. Mais je
vous demande de respecter votre parole à propos
du secret. Et si c'est encore possible, gardez-nous
votre confiance. Acceptez notre aide. Nous sommes
les seuls à pouvoir vous éclairer.

Ils étaient sidérés par ces révélations. Le professeur
repensait à la soumission aux desseins des dieux.
Ce qu'il venait d'apprendre en faisait partie. Il fallait
le respecter. Il raconta son rêve au Grand Maître,
invitant Maya à faire de même. Puis il lui décrivit
ce qui venait d'arriver dans la dixième chambre. Le
nom de Moïse, l'apparition de son double, l'effet
des prismes, des jeux de miroir sur la stèle. La
fermeture, la réouverture de la porte.

— Vous n'aurez bientôt plus besoin de moi, dit le kabbaliste en souriant. Vous avancez tels des initiés.

— Je pense que c'est plutôt la peur du temps qui nous reste. Croyez-vous que mon double soit mort ?

— Cela semble plus que probable. Nous le saurons bien assez tôt. C'est une étape préalable à ce qui doit s'accomplir à partir d'aujourd'hui. Cet autre vous indique le chemin. La voix qui vous parle sans que vous l'entendiez. L'invisible auquel il faut faire face après. Il vous reste trois jours pour le découvrir.

— C'est troublant, répondit Claude, j'ai toujours senti qu'aujourd'hui, demain et vendredi formaient une unité à part.

— Tout à fait exact, professeur. Les trois Séphirots qu'ils représentent reposent en chacun de nous. Kether, Ochmah et Binah figurent la volonté, la sagesse, que certains désignent comme l'amour, et l'intelligence. Mais ils ne se regroupent que dans la lumière, dans une forme de vie réservée aux dieux. C'est l'intelligence qui a été chargée de créer la zone obscure dans laquelle nous vivons. Certains éléments, œuvrant dans cette contrée, ont refusé la nuit, créant ainsi le conflit originel. Ceux-là sont jetés dans l'abîme. Ces forces hostiles au dessein divin sont plongées dans les ténèbres où elles continuent d'exister, sans pouvoir rien empêcher.

Ces trois éléments sont le mercure, le soufre et le sel. Le premier est apparu dans le miroir. Le second éteint la part de lumière. Celui qui reste est le sel, dont plus aucune lueur n'advient. L'épouse de Loth quittant Sodome en proie aux flammes, lorsqu'elle se retourne pour contempler cette catastrophe, poussée par la nostalgie, se transforme en statue de sel. Ainsi, au dernier jour, ne vous retournez pas.

— Et le soufre ? demanda Maya.

— C'est ainsi que l'on reconnaît les Hordes lucifériennes, car elles ne savent pas l'utiliser pour créer. Cette substance est l'héritage du Diable. C'est elle qui a provoqué la séparation dans la Vague de Vie des anges. Certains d'entre eux ont préféré utiliser les propriétés salines pour retenir la clarté. Ils sont devenus des anges déchus. C'est l'un d'eux que vous devez combattre. Tout ce qui nous arrive aujourd'hui est son œuvre.

— Mais comment le reconnaître ? murmura Maya.

— Lui vous connaît déjà, conclut le Grand Maître.

Cette phrase l'avait plongée dans le vide. Elle voulait partir avec lui. En savoir davantage. Mais Claude l'en empêcha.

— Vous savez, quand je pense à vendredi, ça ne change plus grand-chose pour moi. À mon âge…

— Claude, ce genre de phrases a le don de m'exaspérer. Je ne vais pas bien, et c'est tout ce que vous avez à dire.

— Enfin, Maya, ça ne tient pas debout. L'article de Cinghart est une affabulation. Le dédale des kabbalistes nous mène au néant. Nous sommes des pions dans un jeu d'alchimistes.

— Alors, que proposez-vous ? Entre une réalité entièrement truquée par des magiciens et des recettes de voyante de fête foraine ?

— Écoutez, jusqu'à présent, c'est autour du zodiaque qu'il se passe des choses tangibles. D'accord, c'est surprenant, mais c'est ainsi. Maya, il faut se rendre à l'évidence.

— C'est sans doute malheureusement la seule chose sur laquelle s'appuyer. Mais si nous voulons échapper à notre condamnation, nous devons en comprendre le but final. Et, tout à coup, vous baissez les bras, vous abandonnez, disant que ça ne change plus rien. Que vous arrive-t-il ?

Claude avait le regard triste. Il semblait lui dire : je comprends ton désarroi. Il ne fallait pas se soumettre aux forces divines. Cette posture ne lui ressemblait pas. Tout en lui l'incitait à reprendre le combat.

— Vous avez raison, pardonnez-moi. Mais il faut

savoir à qui nous avons affaire. Nous savons désormais qu'il ne s'agit pas des Fondamentalistes. De toute façon, je n'y ai jamais cru. Seulement, j'ai du mal à comprendre l'action des kabbalistes. Il faut en parler à Pierre. C'est lui qui nous les a présentés.

— Je ne sais pas si c'est une bonne idée.

— Pourquoi ? Vous doutez toujours de lui ?

— Claude, il raconte n'importe quoi. C'est lui qui nous a emmenés ici. Il aurait été victime d'une erreur. Les documents reçus viendraient d'une autre source. Et, comme par hasard, il échappe à la malédiction.

— Oui, mais dans quel état.

— Qui vous dit qu'il ne fait pas semblant ? Je préfère que nous agissions seuls pour le moment.

— Vous savez, hier soir, lorsque vous êtes partie vous coucher, nous sommes restés ensemble. Il y a longtemps que je ne m'étais pas senti aussi bien. Nous avons dîné, bu et parlé, finalement nous sommes comme des hommes de l'Antiquité. J'éprouve une profonde tendresse pour Pierre. Il me suit depuis si longtemps. Sans faille. Fidèlement. Vous faites fausse route à son sujet. C'est quelqu'un de bien.

— Je ne dis pas le contraire. Mais il est influençable, je n'arrive pas à lui faire totalement confiance.

— Soit. Je ferai comme vous voudrez.

— Alors, Claude, si vous êtes d'accord, il faut me laisser seule quelques heures.

— Pourquoi, ma chère, je vous semble également suspect ?

— Ne dites pas de bêtises. Comment vous expliquer ? J'ai le sentiment qu'une part des événements n'engage que moi. C'est difficile à décrire.

— Pour vos travaux sur le tombeau de Josias ?

— Ces recherches, je les ai faites sans vous en parler. Et peut-être est-ce elles qui ont provoqué ce chaos. Je dois combattre sans vous.

— Si vous le pensez... Mais mesurez le danger, car si Mansour dit vrai, l'adversaire est de taille.

— Claude, il n'a pas dit que j'allais le reconnaître, mais que lui me connaissait déjà. Alors, maintenant, il faut que je sache.

— Je vois bien que je n'arriverai pas à vous convaincre. Mon Dieu, que vous êtes têtue ! Promettez-moi de tout me dire.

— Non, Claude, laissez-moi tranquille jusqu'à demain midi. Ne me posez plus de questions.

— Mais, Maya, ce ne sont pas n'importe quelles heures.

— Je vous en supplie.

— Soit. Faites comme vous voulez. Mais, par pitié, attention.

Dixième jour. Mercredi. 15 h 30.

Maya marchait vers l'école. Les barrages autour étaient nombreux, en interdisant désormais l'accès. Elle demanda à un officier en faction d'aller prévenir Jonathan. Le militaire lui demanda ses papiers d'identité. Après un long moment, le jeune homme arriva. Ils sortirent du périmètre de sécurité.

— Que se passe-t-il ? Ils craignent un attentat ?

— Je ne sais pas. Nous subissons une sorte d'état de siège. C'est surprenant qu'ils m'aient laissé sortir aussi facilement.

— Jonathan. Il faut que je vous parle. C'est peut-être une question d'âge, ou notre formation commune, j'ai l'impression que nous nous comprenons.

— Il en va de même pour moi. J'ai beaucoup songé à vous. J'ai prié.

— Puissent les dieux vous entendre, Jonathan.

— Les dieux ?

— Enfin, pardon, Dieu.

— Ne vous excusez pas. En l'occurrence, il s'agit bien d'eux.

— C'est vraiment ce que vous croyez ?

— Ceux qui ont bâti le sanctuaire en étaient persuadés.

— Jonathan. Le temps m'est compté, j'ai besoin de savoir qui vous êtes.

— Mais je vous l'ai dit… l'école kabbaliste est…

— Ce n'est pas ça que je vous demande. Nous venons de parler au Grand Maître. Nous savons pour les Fondamentalistes.

— Il vous a dit… mais que vous a-t-il raconté ?

— Que les deux groupes n'en forment qu'un.

— Vous voulez comprendre, Maya, n'est-ce pas ?

— Jonathan, savoir, c'est peut-être sauver notre vie. Répondez-moi.

— Nous sommes une confrérie de douze hommes, partageant une tradition séculaire autour de la kabbale. Notre mission est également liée au soufisme. C'est pourquoi nous sommes dissimulés derrière les chèches. Mais aussi à d'autres héritages issus du christianisme comme les Ébionites et leurs ancêtres esséniens. Nous portons ces trois religions nées d'une même racine. Nous sommes les derniers témoins de leur origine commune.

— Quel est votre point de départ ? Qui sont les douze fondateurs de votre lignée ?

— Nous n'en avons qu'une connaissance partielle. Nous savons qu'au commencement, chacun d'eux portait les noms que nous avons hérités à travers les siècles. Onze scribes chaldéens rassemblés autour d'un Grand Prêtre, réfugiés ici, à Megiddo, au VIIe siècle avant J.-C.

— Vous êtes les héritiers des Chaldéens ? Est-ce les douze premiers qui ont construit le sanctuaire découvert par notre équipe ?

— C'est probable.

— Ils pourraient être les auteurs de la malédiction ?

— Là, vous allez trop vite. Ces hommes ont certainement construit ce cercle pour figurer une représentation rituelle, que nous appelons le Cercle de l'Harmaguédon. Leur intention première était d'y enfermer, d'y protéger un secret.

— Lequel ?

— Maya. Quelle curieuse question.

— Pardon, mais vous devez bien en avoir une idée, puisque vous y consacrez votre vie.

— Et vous-même, Maya, à quoi consacrez-vous votre existence ?

La question de Jonathan projeta en elle le film de sa vie. Tout se mélangeait. Les certitudes et les doutes. Croyait-elle en Dieu, en la science ? Quel chemin l'avait conduite dans cette quête de vérité ? Son désir de vivre prenait le pas sur le reste. Une dualité se jouait, sans qu'elle puisse la maîtriser. Tout lui échappait. Sa relation avec Claude avait été au cœur de son destin. Elle redoutait de la détruire.

Quels étaient ses sentiments pour Edward ? Était-ce la peur qui en elle avait tout bousculé ? Elle regardait Jonathan, les yeux perdus dans la vague des reflets du temps.

— Maya, il n'y avait rien de particulier dans ma question. Pardon si je vous ai bouleversée. Je voulais juste vous dire que la découverte de ce secret était notre but ultime.

— Je comprends. Mais puis-je demander votre avis sur un point ?

— Je m'efforcerai d'y répondre.

— Dois-je renoncer ?

— Si je vous comprends, c'est par crainte que vos recherches n'aboutissent. Et que le secret du Cercle de l'Harmaguédon ne passe de l'ombre à la lumière. Vous pensez que si vous abandonnez, la malédiction s'arrêtera. C'est bien ça ?

— Oui.

— Je vous le dis une fois encore, même lorsque nous prenons le visage des Fondamentalistes, nous ne sommes en rien liés à ces événements macabres. Notre vie, notre énergie sont consacrées au bien de l'homme. Le sanctuaire est là pour sauvegarder l'humanité et non pour la détruire. La seule chose que nous pouvons faire, c'est vous aider à combattre ces maléfices. Quelles sont les règles du jeu ? Nous l'ignorons. Il faut avancer, Maya. Continuez. Ne passez pas à côté de votre destin.

— Je l'accepte, Jonathan, bien que tout cela me soit étrange. Pourquoi et par qui ai-je été choisie ? Si je m'y abandonne sans essayer d'en comprendre les fondements, j'ai peur de perdre la raison, et vos réponses ne me font pas avancer comme je voudrais.

— De quoi parlez-vous ?

— Comment vous imaginer, vous et vos frères, masqués devant des caméras ?

— Notre action, vue de l'extérieur, est condamnable. D'ailleurs, nous nous sommes sans doute fourvoyés.

— Pourquoi en être arrivés là ?

— Je vous l'ai expliqué, notre tradition réunit les trois religions du Dieu unique. Depuis des siècles, on nous nomme kabbalistes, mais, parmi nous, il y a également des chrétiens, des musulmans. C'est l'étude des écritures sacrées qui nous réunit. Notre mission est d'en transmettre le secret, tout en le préservant. Si l'on sait interpréter ces mots, ils recèlent un dangereux pouvoir. Lorsque le professeur Friedmann a découvert le sanctuaire, nous avons compris que le temps était venu, et notre raison d'être menacée. Mais notre enseignement, aussi ancien soit-il, nous a toujours prescrit de vivre dans le siècle, avec les moyens offerts par l'époque. La nôtre est tristement régie par le terrorisme. Nous avons voulu, par ce simulacre, interrompre les fouilles.

— En devenant des apprentis-sorciers, n'est-ce pas ?

— Comme vous dites, Maya. Les événements nous ont échappé. Nous avons été submergés, n'ayant pas mesuré à quel point ces mouvements sont désorganisés, incontrôlables. Des soldats du Djihad ont surgi un peu partout, faisant n'importe quoi, utilisant notre mise en scène pour régler des comptes politiques comme quand ils ont pendu Benassan, ou assassiné cette malheureuse journaliste française. Ce qui, au départ, était une méthode pacifiste pour arrêter vos recherches s'est transformé en un véritable instrument de mort.

— D'accord, Jonathan, mais comment expliquer que les victimes correspondent aussi précisément aux prévisions du zodiaque ? Nous avons vérifié les jours, les dates, les signes. Tout coïncide à chacune des disparitions.

— Je sais, Maya, c'est ce que nous ne parvenons pas à comprendre.

— Tout se passe comme si une force unique manipulait les êtres, les éléments les plus imprévisibles, au jour et à l'heure dits.

— Il n'existe à mes yeux qu'une puissance capable

d'accomplir tout cela. Mais il est impossible que cette entité l'ait voulu.

— Vous parlez de Dieu. Mais n'avez-vous pas la preuve que d'autres ont ce pouvoir ?

— C'est une idée que je ne pourrai jamais admettre.

— Pourtant, vos scribes fondateurs, vos ancêtres chaldéens croyaient dans cette multitude.

— Oui. Mais ils ont abandonné ces croyances. C'est pourquoi nous sommes là aujourd'hui, et que les autres ne sont plus.

— Est-on sûr qu'ils ont disparu ? N'est-ce pas à ces armées du ciel que nous avons affaire aujourd'hui ?

— Si c'est le cas, vous ne pourrez les vaincre sans notre aide.

— C'est bien ce que je tente de vous faire entendre. Jonathan, pourquoi répétez-vous que votre mission est de protéger le secret ?

— C'est autre chose, Maya. Il s'agit des mots que personne ne doit prononcer.

— Peut-on triompher des dieux sans eux ?

— C'est à cela qu'ont servi les mots magiques. Une fois les dieux vaincus, ils n'avaient plus d'utilité. Mais leur pouvoir destructeur pouvait se retourner contre l'humanité.

— Si je vous comprends, ces mots sont devenus

dangereux pour nous. Mais si les dieux reviennent, comment les utiliser ?

— Ce sont nos boucliers. Celui qui va rencontrer ces forces peut s'en servir, mais à condition d'être seul.

— Expliquez-moi.

— Des anges déchus ont passé alliance avec eux, afin de rétablir leur pouvoir. S'ils les prononcent à l'instant donné, nous serons terrassés.

— Et comment reconnaître ces anges ?

— Là est la difficulté. Ils nous sont inconnus. C'est eux qui vous choisissent. Ils ont ce pouvoir, et bien d'autres encore.

— Celui de vous séduire, de vous dominer, c'est ça ?

— Attention, Maya, il ne suffit pas de le savoir pour l'affronter.

Ils restèrent ainsi un long moment. Sans un mot. Elle puisait dans les yeux du jeune homme l'énergie de se battre. Ses paupières étaient fixes. Elle sentit ses larmes couler jusqu'à terre. Puis il la laissa seule. Alors Maya reprit le chemin de Megiddo.

Dixième jour. Mercredi. 19 h 30.

Le professeur avait rejoint Pierre sur le site. La défiance de Maya à l'égard de son vieil ami l'attristait.

Il souhaitait lui parler pour dissiper ses doutes.

— Pierrot, j'aimerais vous protéger du stress, mais j'ai des choses à vous dire.

— Oui, je sais que tout va mal.

— Dites-moi ce qui s'est passé avec les kabbalistes. Vous me devez la vérité.

— Comment ça, les… tabagistes, heu, non… les…

— Les Fondamentalistes. Quel rôle avez-vous joué dans tout cela ?

— Je ne voulais pas vous déranger, mais vu la tournure des événements, il vaut mieux que…

— Oui. Ça vaut mieux.

— Lorsque nous sommes arrivés ici, que vous avez découvert ce vestige, j'ai immédiatement été contacté par Mansour.

— Que voulait-il ?

— Me convaincre d'arrêter les fouilles. Il m'a prévenu que nous risquions de dévoiler des secrets dont sa confrérie était gardienne depuis la nuit des…

— Des temps. Quel genre de secret ?

— Ça, il n'a pas voulu me le dire. Plus… il m'a expliqué qu'ils avaient monté une opération afin de créer la panique autour de Megiddo, nous obligeant à partir si les autorités se laissaient convaincre que nos travaux risquaient de déclencher une vague terroriste. Les Fondamentalistes, c'est ça.

— Et, quand il vous a fait ces révélations, vous ne vous êtes pas dit qu'elles pourraient m'intéresser ?

— Quand il m'a prévenu c'était trop… d'autres groupuscules s'en étaient mêlé, et en avaient profité pour agir…

— J'attends Leo Sapersteen, qui veut me rencontrer. Il était grand temps de m'en parler, Pierre.

— C'est vrai… c'est moi… j'avais prévenu l'ambassade.

— En leur disant quoi, au juste ?

— Je leur ai parlé des Fondamentalistes.

— Quoi ? Vous vous êtes prêté au jeu de Mansour ? Au risque de compromettre nos recherches ?

— Claude, c'était juste pour que les… les kanibals ne mettent pas leur nez dans nos affaires.

— Et donc vous avez pris contact avec l'ambassade des États-Unis. Mais il y a autre chose que je voulais éclaircir, c'est cette question du rapport qui nous a menés ici.

— En fait Claude, justement, je pense qu'il vient des Américains.

— Mais non, Pierre, c'était à Londres.

— Oui, enfin… de quelqu'un de leurs services.

— Edward Rothsteen ?

— Probablement.

— Mais Pierre, c'est insensé.

— Je vous jure, je croyais que cela venait de vous.

— Quand Edward est arrivé pour enquêter sur les kabbalistes, vous auriez dû me le dire.

— C'est vrai. Mais vous étiez si absorbé. Je n'ai pas osé.

— Eh bien ! Vous en avez d'autres comme ça, avant l'arrivée de Sapersteen ?

— Je ne sais pas jusqu'à quel point les Américains se sont servis des Fondamentalistes… C'est délicat.

— Vous n'avez rien à voir là-dedans, au moins ?

— Non. Non. Mais comme j'ai été leur intermédiaire, j'ai peut-être, comment dire… été manipulé.

— Peut-être ! Mon vieux, c'est un doux euphémisme.

— Je suis navré. Vous m'en voulez, n'est-ce pas ?

— Je vous connais. Je suis sûr que vous avez agi pour me protéger. Ne vous en faites pas, nous allons essayer d'arranger cela. Regardez, la voiture de l'ambassadeur arrive.

Se déplacer, devoir intervenir, agaçait Leo Sapersteen. Il détestait être confronté à ce genre de situations. Il avait peur de ne pas pouvoir tout maîtriser. Mais, après l'article du *Washington Post* et la disparition d'Edward, il avait compris qu'il ne pouvait échapper à une rencontre avec Friedmann.

— Cher professeur, monsieur Grün, merci de me recevoir, de me consacrer du temps dans ces circonstances.

— C'est nous qui sommes honorés de votre visite, répondit Claude.

— Les scientifiques ont parfois à se plaindre du peu d'écho de leurs travaux. Le moins que l'on puisse dire, c'est que les vôtres suscitent un intérêt certain. Qu'avez-vous pensé de l'article de Cinghart ?

— Nous nous en serions bien passés. En plus, ce qu'écrit ce type est un tissu de bêtises et de mensonges. On se demande ce qui l'a poussé à le faire…

— On peut se poser la question, en effet. Je suis venu parce qu'Edward a disparu depuis vingt-quatre heures. Nous sommes très inquiets. En cherchant dans ses affaires, nous avons trouvé ceci.

Il tendit un objet enveloppé dans un tissu.

— Je voulais savoir si vous étiez en mesure de l'identifier. Si cet élément pouvait nous aider à le retrouver.

Friedmann déplia le morceau d'étoffe et découvrit un fragment de tablette cunéiforme. Il essaya de la déchiffrer.

— C'est une sorte de contrat. Mais la brisure de la pierre empêche de bien comprendre le texte. Il faudrait que je sache où et quand cela a été trouvé, dit Claude en passant le morceau d'argile à Pierre.

— Il me semble avoir entendu parler d'une découverte faite par le professeur Finkelstein, dit Pierre, hésitant.

— Alors, il y a peut-être un lien avec la disparition d'Edward. Je l'avais chargé de suivre cette affaire.

— Comme c'est étrange qu'il l'ait dissimulé, dit Friedmann.

— Pourquoi l'aurait-il fait ? dit Pierre innocemment.

— C'est vous qui posez cette question ?

— Je vous surprendrai encore davantage, reprit Sapersteen, en vous disant que je n'ai pas la moindre idée de ce dont il s'agit. En tout cas, Edward ne m'en a rien dit.

— Vous n'avez pas à vous justifier.

Claude lui expliqua la nature des idées de Finkelstein sur les origines du Deutéronome.

— Il est possible, acheva-t-il, que ce soit un fragment de l'accord passé entre le roi Josias et ceux qui auraient rédigé la Bible.

— Rien que ça ! s'exclama l'ambassadeur, stupéfait.

— Si Edward a pu dissimuler cet objet dans ses affaires, et qu'il est introuvable, il est très urgent pour vous d'agir.

— Mais êtes-vous sûr qu'il n'est pas ici ? Des témoins

l'auraient aperçu, hier, se dirigeant vers Megiddo.

— Pas que je sache, répondit Claude. Mais si vous voulez voir par vous-même, Pierre peut vous accompagner et vous présenter les autres membres de l'équipe.

Dixième jour. Mercredi. 23 h 00.

Maya avait pénétré dans le sanctuaire sans attirer l'attention. Il fallait tenter l'impossible. Elle tenait à la main le papier froissé où son nom était écrit en lettres hébraïques. Jonathan lui avait révélé un des sens secrets de Yahvé : d'un côté le Yod, symbole de la création, de l'autre les trois lettres composant le prénom de la première femme, Ève. Il lui avait montré que le sien obéissait à la même structure : d'un côté le Mem, signifiant la mère, et de l'autre les trois lettres de la féminité, le Yod entre deux Aleph. De même qu'Ève n'avait pu être créée qu'à partir d'Adam, le nom de Maya ne pourrait prendre corps qu'à travers un double masculin. Cet autre, elle ne l'avait pas rencontré ; le cherchait-elle vraiment ?

Debout devant la onzième chambre funéraire, elle prononça : « Mem, Aleph, Yod, Aleph. » Dans une vague de poussière, la porte pivota. Maya avança doucement, les muscles tendus par la peur. Au bout de quelques secondes sa torche vacilla et s'éteignit. Tentant par tous les moyens de la rallumer, les mains en avant, à tâtons dans le noir absolu, elle cherchait à percevoir, à sentir quelque chose. Seul le bruit de ses pas résonnait dans cette atmosphère glacée. Elle fit une pause, écoutant le silence. Mais un léger froissement se fit entendre.

Quelqu'un respirait. « Non, se dit-elle, c'est l'écho de mon souffle. » Pourtant un son se fit à nouveau entendre, un bruit sec, un frottement. Une lueur jaillit. Elle plissa les yeux pour régler sa vision sur cet éblouissement. Un visage, doucement, se dessina derrière la flamme. Quelqu'un était assis sur la stèle, la regardant fixement derrière le bout de bois qui se consumait.

— Je vous attendais, Maya.

— C'est vous ? Parlez-moi, c'est vous ? Mais enfin, tout le monde vous cherche. J'étais inquiète. Heureusement, vous êtes en vie. Vous n'avez pas été enlevé.

— Personne ne m'a conduit ici. Je suis venu seul. Comme vous.

— Comment êtes-vous entré ?

— En prononçant mon nom. Ne suis-je pas la onzième victime ? Dois-je vous rappeler que vous êtes dans ma chambre ?

À ce moment un fracas la fit sursauter. La porte s'était fermée. L'obscurité était totale, comme s'il y avait des degrés de noir différents au fond des ténèbres et qu'ils avaient atteint le dernier.

— Edward, il n'y a plus de lumière. J'étouffe.

Il sortit une lampe de sa poche, l'alluma, la posa sur la stèle. Elle éclairait le plafond d'un reflet blafard.

— Edward, je ne comprends plus rien. Dites-moi quelque chose.

— Je vous espérais. Tout à l'heure, le piège se refermera sur ma vie, je voulais passer ces derniers instants avec vous.

— Non. Ce n'est pas ce que je vous demande.

— Que voulez-vous savoir ?

Il était transfiguré, son visage s'était creusé, sa peau était opalescente. Ses yeux sombres brillaient d'une lueur spectrale.

— Pourquoi me regardez-vous ainsi ? Êtes-vous devenu fou ? Je ne vous reconnais plus. Et nous ? Qu'en avez-vous fait ? La confiance entre nous. Notre rencontre, au début de cette histoire qui a fait basculer ma vie. Vous m'avez menti. Trahie. Vous n'êtes pas réel. Vous êtes sinistre, cynique, froid. Moi qui croyais en vous. Vous avez tout organisé, tout provoqué, tout !

— Je n'avais pas le choix. D'ailleurs vous non plus.

— C'est ça. Quel mensonge allez-vous encore inventer ?

— À quoi sert de me demander de parler si vous ne voulez pas m'entendre ?

— Je veux bien vous écouter. Mais, pour une fois, dites la vérité.

— C'est une longue histoire… Elle remonte à vingt-six siècles.

— Je passe ma vie dans les ruines. Alors…

— Oui, mais là, il ne s'agit pas de constructions, de plans, de murs, de reliques. Il ne suffit pas de chasser la poussière pour que les traces apparaissent. Ce sont des vestiges immatériels, ceux de l'âme, les plus difficiles à cerner.

— Et ce désastre, ces ruines existent en vous. N'est-ce pas, Edward ?

— Elles ne se contentent pas d'être, elles règnent sur ma vie, mes pensées, mes actes.

— Rien ne m'oblige à vous suivre. J'ai cru que nous étions semblables. Mais aujourd'hui, je suis en deuil. En deuil de vous. Désormais, je sais, vous êtes…

— Oui, Maya, je suis.

— Quel est votre dessein ? Que devez-vous accomplir ?

— Je dois rester ici, dans ce sanctuaire.

— Pour mourir.

— Non, Maya. Afin d'exécuter le rituel. Celui du douzième jour. Mais, pour cela, il faut que vous soyez à mes côtés.

— Tout est faux dans ce que vous dites. Vous êtes un monstre. Je ne crois pas en votre sacrifice. Je suis malheureuse. Vous m'avez déçue, blessée. Que cherchez-vous ?

— Vous me parlez de trahison, mais la première s'est jouée ici.

— Laquelle ?

— Celle commise par les scribes, utilisant le pouvoir des mots, la puissance de l'écriture, contre ceux qui leur avaient offert ce savoir.

— Vous parlez des dieux chaldéens ?

— Oui. C'est ici que ça s'est passé.

— Ont-ils réussi ?

— Ils ont saccagé leurs temples, brisé leurs idoles, anéanti leur civilisation.

— Mais les divinités ont-elles disparu ?

— Non. Elles ont survécu au travers d'êtres comme moi.

— Vous êtes un ange déchu ?

— Si vous voulez. Mais ces dieux n'ont jamais cru qu'une puissance unique puisse régner toujours. Ce qui se joue entre la force et la loi, niant les réalités magiques de la vie, est appelé à disparaître tôt ou tard.

— Et vous êtes là pour accomplir ce retour ? Pourquoi réveiller ces rites ancestraux ? Qu'est-ce qui vous fascine dans ces horribles sacrifices ? Vous leur avez offert des innocents. Ils ne savent que réclamer notre sang et notre esclavage. Est-ce l'avenir que vous nous préparez ? Vous perdez la tête ! Allez vous faire soigner.

— Calmez-vous, Maya. L'enjeu n'est pas de revenir en arrière. Je ne suis pas responsable des morts de ces derniers jours. Le Cercle de l'Harmaguédon n'est pas une malédiction. Il permet de comprendre les lois de l'univers. Le sanctuaire n'agit pas. Il est un système de lecture de ce que vous appelez le destin.

— Edward, qu'attendez-vous de moi ? Pourquoi voulez-vous m'impliquer ?

— Les scribes ont enterré ici leur secret : les mots qui leur ont permis de détruire le règne polythéiste. Si je les dis sans vous à mes côtés, je mourrai ; si je les prononce avec vous, âme sœur, je survivrai.

— Votre âme sœur ! Vous rêvez ? Je n'appartiens pas au royaume de l'ombre.

— C'est vrai, Maya, vous appartenez à la lumière. Nous sommes les deux contraires réunis.

— Et si vous renoncez, que vous arrivera-t-il ?

— Les anges ne renoncent jamais.

Maya entendit des bruits venus de l'autre côté. Elle reconnut la voix de Claude qui l'appelait.

— Edward, laissez-moi partir.

Et la porte s'ouvrit.

Elle courut rejoindre le professeur.

— Vous êtes là, ma petite. Enfin, j'étais si inquiet.

— Qu'y a-t-il ? Vous m'aviez promis de me laisser seule.

— Je sais, mais j'ai trop de choses à vous raconter.

Il l'emmena faire quelques pas. Le silence avait recouvert le site.

— Qu'avez-vous de tellement urgent à me dire ?

— Que faisiez-vous seule depuis si longtemps ? Vous cherchiez Edward ?

— Ah non ! Vous n'allez pas recommencer !

— Vous savez, Sapersteen est venu ici. Il m'a montré un objet appartenant à Finkelstein. Il était caché dans les affaires de votre jeune ami.

— La tablette ?

— Vous la connaissiez ?

— Oui. Le professeur me l'avait montrée.

— Vous ne trouvez pas curieux qu'il l'ait prise et dissimulée ?

— Si.

— J'ai également parlé avec Pierre. Vous avez raison. On ne peut pas lui faire confiance. Il croit nous protéger, mais il est trop bavard. Il raconte tout et n'importe quoi.

— Par exemple ?

— Il a servi de messager entre les kabbalistes et l'ambassade, qui semble l'avoir totalement manipulé. Y compris à propos de nos recherches ici. D'ailleurs, je crois savoir, désormais, qui a tout provoqué.

— Edward ?

— Hélas oui, dit le professeur, la tête baissée.

— Claude, pourquoi a-t-il agi de cette façon ?

— Maya, mon petit, je sais que vous êtes déçue. Je ne devrais pas vous en parler. Un jour, peut-être.

— Arrêtez de me traiter comme une enfant !

— Bien. Ne vous fâchez pas. Je vais tenter de vous expliquer comment ça s'est passé.

Le professeur la prit par l'épaule, et, tout en marchant sous la lumière des étoiles, évoqua la guerre des dieux, Josias et la Bible, la destruction des idoles, le triomphe du Dieu unique, la révolte de l'Ange, la vengeance des divinités païennes, la construction du sanctuaire, la malédiction. Maya l'écoutait comme au temps de son enfance. Elle reprit :

— Comment opère un ange déchu ?

— Il s'insinue dans un esprit et en prend le contrôle.

— Pensez-vous qu'Edward est possédé ?

— Cela semble évident. C'est lui qui a rédigé le rapport nous conduisant à faire ces recherches. Maya, c'est Edward qui a exécuté la malédiction, c'est un serviteur des dieux du zodiaque. Il leur apporte les sacrifices qu'ils réclament pour rétablir leur règne.

— Encore une question, Claude. Pourquoi Edward s'est-il lui-même désigné comme la onzième victime ?

— Pour l'instant, je l'ignore, peut-être l'ange déchu doit-il, à un certain moment, se débarrasser de son corps terrestre.

— Pourrait-il faire autrement ?

— C'est possible. Comment savoir ?

— Cela voudrait dire qu'il est en train de mourir, pendant que nous parlons.

— Maya, voulez-vous que nous descendions ?

— Qui sommes-nous pour intervenir dans cette guerre entre les dieux ?

— Ce n'est pas nous qui les intéressons. C'est notre science.

— Claude. Je crois qu'il ne faut rien faire. Et laisser le destin s'accomplir.

— Cela me semble sage. Nous devons reprendre des forces, car demain, c'est le nôtre qui se joue.

Claude raccompagna Maya à sa tente. Il lui fallait

désormais affronter seul les dieux. Il redescendit dans la crypte.

Edward n'avait pas bougé.

— Ravi de vous revoir, professeur.

— Je savais que vous seriez là.

— Et moi, que vous viendriez. De toute façon, vous n'avez pas d'autre solution.

— Ah oui ? Et pourquoi ?

— Vous ne pouvez pas agir sans mon appui.

— Je ne serai jamais complice de vos atrocités.

— Elles ne concernent plus que nous trois. Mon cher, nos destins sont indissociables.

— Seulement, nous ne sommes pas de la même nature. Maya et moi sommes des êtres de chair et de sang, alors que vous…

— Êtes-vous sûr d'être si différent de moi ? Savez-vous clairement ce qui gouverne votre esprit ?

— Parfois je me le demande. Mais vous, Edward, vous êtes en mission. Quelle serait la nôtre ?

— J'ai besoin de votre jeune amie.

— Dans quel but ?

— Nous devons prononcer ensemble les mots.

— Lesquels ?

— Je ne les connais pas. Ils nous attendent derrière la douzième porte.

— Mais pour cela il vous faudrait, demain, être

toujours en vie.

— Cela dépend de vous.

— Pourquoi vous aiderais-je ? N'avez-vous pas assez de sang sur les mains ?

— Si demain je ne suis plus là, vous mourrez tous les deux.

— Qu'attendez-vous de moi ?

— Il faut vous abandonner aux songes. Je viendrai vous y rendre visite.

D'un geste, Edward le plongea dans le sommeil.

Onzième jour. Jeudi. 01 h 30.

Friedmann et Maya étaient devant l'entrée du sanctuaire.

— Nous voilà tous deux au cœur du même rêve, dit Claude.

— J'en ai bien l'impression, répondit-elle.

Ils pénétrèrent dans la crypte. La porte de la douzième chambre était ouverte. Les murs étaient recouverts de cette écriture inconnue sur la paroi de matière noire dans la première chambre. La pièce était immense. En son centre, une table de pierre représentait la roue du zodiaque gravée de chacun des signes astrologiques, devant lesquels avaient été placés des trônes de bronze doré où étaient sculptées les figures des divinités chaldéennes. Sur chacun de ces sièges royaux, les victimes étaient assises. Claude s'installa sur celui qui lui était destiné. Deux places restaient vides. Edward entra et rejoignit la sienne, priant Maya de s'installer sur celle restée vacante, que Pierre aurait dû occuper.

— Voilà, dit le jeune homme, nous sommes au complet, pour le bonheur des dieux.

— Pourquoi m'avoir mis à la place de Pierre ? demanda Maya.

— Parce que vous pouvez encore venir avec moi. Ceux qui siègent ici sont les victimes désignées par les divinités. Alors que vous, c'est moi qui vous ai choisie.

— Mais Pierre n'avait-il pas été désigné ?

— Les dieux n'ont pas voulu de lui. Sa punition fut de perdre la parole temporelle.

— C'est ce que je dis toujours. Il parle à tort et à travers.

— Même dans vos rêves, Claude, vous ne pouvez pas vous empêcher…

— Prenez garde, dit Edward, les dieux vous entendent, et eux ne plaisantent pas.

— N'y a-t-il pas une tradition, une légende autour de la Parole perdue ? interrogea Friedmann.

— Si. Précisément. Celle qui la rattache aux Noms secrets.

— Quel est son mécanisme ?

— Rien n'existe s'il n'a reçu un nom prononcé à haute voix. Lorsque vous le dites, vous réveillez le Ka, c'est-à-dire la partie spirituelle sans laquelle le Ba, le corps, la partie physique, n'est rien.

— Mais ce sont les principes de la kabbale, dit Maya.

— Tout vient de là.

— Quels sont les mots que nous devrons prononcer ?

— Je ne le sais pas encore. Ils ne nous seront révélés qu'au dernier jour.

— Est-ce pour cela que j'occupe la place de la Parole perdue ?

— Oui, Maya, vous avancez dans la bonne direction. Votre ami a effacé les mots du temps. Ce trouble vient d'un mot, le premier, celui qui ouvre la Bible, *Bereshith* : au commencement. Tous les mots du temps en découlent.

— Est-ce celui que vous devez prononcer ? demanda Claude.

— Je vous le répète : nous le saurons demain.

— Je voudrais sortir de ce cauchemar, dit Maya. Donnez-moi une raison de vous sauver.

— Ce que vous découvrirez dans la douzième chambre n'est pas ce que vous voyez ici. Ce ne sont que des simulacres. Demain, ils prendront corps pour agir. Sans moi, vous n'aurez personne pour les comprendre, dialoguer avec eux, et ils vous tueront.

— Et si vous êtes là ?

— Vous pourrez leur parler. Je suis le seul à pouvoir plaider votre cause.

Claude et Maya regardaient les victimes sacrificielles, qui devenaient de plus en plus floues. Elle se pencha vers le professeur :

— Je suis incapable de prendre une décision dans mon sommeil. Nous sommes manipulés par Edward. Je dois vous parler seule et dans la réalité. Je vais me réveiller, retrouvons-nous.

Alors, ils s'évaporèrent.

Onzième jour. Jeudi. 6 h 00.

Claude était assis sur le lit de camp de Maya. Ils comparaient leurs rêves.

— Ce type a de sacrés pouvoirs, dit Claude.

— C'est bien pour ça qu'il faut garder la tête froide et l'esprit clair.

— Ce qu'il dit n'est pas absurde. Il est probable que

demain nous serons confrontés aux dieux. Tout le monde n'a pas la chance d'avoir un ange déchu.

— Mais, Claude, il est dans leur camp. Pourquoi nous sauverait-il ?

— Si les dieux ont décidé notre perte, avec ou sans lui, nous mourrons.

— Claude, ça ne tient pas debout. Pourquoi le sort d'Edward dépendrait-il de nous, alors que c'est lui qui a tout agencé ?

— Vous avez raison. Ce qu'il cherche est d'une autre nature.

— Revoilà vos obsessions.

— Mais Maya, ce qu'il désire, c'est vous impliquer dans sa vie. Faire de vous sa complice. Cela n'a rien de métaphysique. Il est persuadé que vous êtes son âme sœur.

— Vous savez que ce n'est pas vrai.

— Alors, pourquoi douter encore ?

— Sur ce point je n'ai aucune hésitation. Je refuse de l'accompagner dans sa chute.

— Maya, il faut le laisser seul, face au onzième jour. Il est temps de réunir l'équipe et de tout leur raconter.

— Vous avez raison.

Maya se sentait trop jeune pour assumer un tel testament. Ces quelques jours avaient tout bousculé, la jetant en avant, la faisant vieillir. Leur réunion lui semblait irréelle. L'équipe écoutait Claude, sidérée par son récit. C'était désormais leur vérité. Friedmann demanda qu'on interrompe les recherches jusqu'au lendemain.

— Il est impératif de garder le silence sur ce que nous sommes en train de traverser. Surtout pas un mot à l'ambassade. Officiellement, nous n'avons aucune nouvelle d'Edward. Pas la moindre information aux kabbalistes sur ce que nous trouverons peut-être derrière la douzième porte. D'ici là, motus. N'est-ce pas Pierrot ?

— Je ferai comme si j'avais totalement perdu la parole, répondit-il en souriant.

— Demain, à minuit, vous viendrez nous chercher. Si la malédiction s'est refermée sur nous, allez à ma table de travail, j'aurai laissé des instructions à votre intention, Pierre, dans une enveloppe. En attendant, coupez du bois de chauffe pour construire un radeau. Prenez des pneus usés dans le hangar, faites-en des flotteurs. Attachez-les à l'aide de cordes suffisamment solides. Descendez l'embarcation dans le sanctuaire. Ne posez pas de question. Ensuite vous quitterez tous le site.

— Laissez-moi au moins rester, si vous avez besoin du camion, dit Rajan.

— Professeur, ajouta Frédéric, vous aurez besoin de moi.

— Hélas, ce qui nous attend, aucune médecine ne peut le traiter. La seule chose que vous pouvez faire pour nous est de nous laisser seuls.

Onzième jour. Jeudi. 11 h 30.

Un fax était arrivé dans le local technique. Les autorités confirmaient l'imminence d'une menace terroriste à Megiddo. Le site devait être évacué avant minuit. Une décision administrative de Tel-Aviv ordonnait l'interruption des fouilles. Le professeur fit accélérer la cadence pour fixer les cordages. Rajan, Karl et Zoltan portèrent les tablettes à l'arrière du camion. Frédéric vint les rejoindre. Claude et Maya les embrassèrent et demandèrent à Pierre de faire en sorte qu'ils soient tous partis avant la nuit tombée.

— Qu'allons-nous faire si l'armée débarque ici ? Ils vont nous chasser.

— Écoutez, il n'y a qu'un endroit où ils ne pourront pas pénétrer. Venez.

La onzième chambre était déserte. Ils dégagè-
rent la stèle. Derrière sa sombre transparence, un
corps flottait, formant l'avant-dernière lettre de
l'Harmaguédon.

Maya avait le visage défait.

— Est-ce un nouveau tour de magie ? Est-il
mort ? Je ne sais plus que croire.

— Maya, il faut se rendre à l'évidence, les dieux
ne reculeront pas. Ce qu'ils ont écrit avec le corps
d'Edward signifie qu'ils sont entrés dans la dernière
phase. Nous devons réussir à leur parler. Désormais,
nous sommes seuls face à eux.

Elle restait les yeux fixés sur cette forme incertaine se dessinant entre les eaux.

— Alors, ainsi, tout le monde ira au bout.

— Ma petite, nous n'avons plus le choix.

Le professeur dirigea sa torche vers la douzième
porte. Après avoir dégagé la matière qui la recouvrait,
les douze signes du zodiaque apparurent. Au centre,
un cylindre en pierre dépassait légèrement le cercle
de quelques centimètres.

— Regardez, Maya, ça doit pouvoir se desceller.

Il fit délicatement pivoter l'objet sur son axe. Il
y eut un déclic. Claude tenait dans ses mains un
cadran solaire. Il le posa à plat sur la stèle. Cette
masse était gravée d'une seule entaille profonde. Il

dirigea la lumière de telle sorte que l'ombre vînt toucher cette unique trace. La porte de la onzième sépulture se referma dans un bruit de tonnerre.

— Voilà, Maya, la communication avec les dieux est établie. Il nous reste douze heures, pas une minute de plus.

Ils éteignirent leurs lampes afin d'en préserver l'énergie. Seule la stèle diffusait une lueur bleutée, comme si la lune l'éclairait depuis les profondeurs de la terre. Dans le noir, ils parlaient à voix basse :

— Claude, ils sont là, je le sens, ils décident de notre sort.

— Je crois que vous avez raison.

— Que veulent-ils ?

— Revenir, Maya. Revenir, tout simplement.

— Ils sont éternels, n'est-ce pas ?

— Oui, dans une forme d'errance. Que faire de cette éternité ? Pour nous, les vivants, le temps fonctionne autrement. Douze mois, douze jours, douze heures, notre destin est éphémère, mais pour eux...

— Comment lutter contre ce que l'on ne peut apercevoir ? C'est perdu d'avance.

— Maya, ce n'est pas le moment de baisser les bras. Il faut tout tenter.

— En devenant des dieux ?

— Non. En restant des archéologues.

— Que peut notre savoir devant leur puissance ?

— Nous les connaissons sans doute mieux qu'ils ne nous devinent. Il faut utiliser leur plus grande faiblesse : leur mauvais caractère. Ils passent leur temps à se jalouser. Tenez, là, en ce moment, ils doivent discourir sur le sort de l'humanité, envisageant les pires cataclysmes pour punir ceux qui depuis vingt-six siècles les ignorent.

— Vous avez raison, j'ai l'impression de les entendre.

— Maya, ils ne pensent qu'à régner, et là est leur faille.

— À quoi pensez-vous ?

— Au Déluge, ma petite… Au Déluge.

— Claude ! Arrêtez de vous monter la tête, vous m'effrayez. Calmez-vous. Expliquez-moi.

— Dans la Bible, Dieu envoie le Déluge sur la terre et dit : *La fin de toute chair est arrivée. Je l'ai décidé, car la terre est pleine de violence à cause des hommes. Je vais les faire disparaître de sa surface.* En trois lignes, la cause est entendue.

— Quel rapport avec les dieux de ce sanctuaire ?

— Rappelez-vous la onzième tablette du British Museum. C'est le même épisode, rédigé vingt siècles avant la Bible. Une divinité, Enlil, provoque le Déluge sans en référer aux autres. La déesse Ishtar, folle de rage, décide de ne plus le voir. Et un troisième dieu, Ea, sauve un couple d'humains, trahissant la volonté d'Enlil de tout balayer. Il se fâche à son tour. S'est formé ainsi un mouvement perpétuel nommé « la dispute des dieux ». Là est la version première de la terre engloutie par les eaux.

— Claude, écoutez, j'entends des bruits de l'autre côté.

— J'en ai peut-être déjà trop dit.

Ils restaient sans bouger, comme encerclés par des présences menaçantes. L'obscurité, le silence les enveloppaient d'un linceul invisible. Elle alluma sa torche, la pièce était vide.

— À quoi peuvent-ils ressembler ?

— Maya, ne posez surtout pas la question. Il est trop tôt. Éteignez votre lampe.

Onzième jour. Jeudi. 18 h 00.

L'équipe avait tout rangé à l'arrière du camion. Les militaires avaient pris position, évacuant l'ensemble du périmètre. Frédéric, Rajan, Karl et Zoltan regardaient la nuit sombrer sur Megiddo.

Pierre, assis sur un rocher, la gorge étreinte par le chagrin, regardait les ruines se fondre dans l'horizon. Claude lui avait demandé de partir, de dégager les lieux, d'un revers de la main. Il n'avait pas su trouver les mots qui l'auraient empêché de se sentir humilié. Trente ans de vie partagée, à devancer ses moindres désirs, à calmer ses mouvements d'humeur. Et ce jour fatidique, il n'allait pas le vivre à ses côtés. Il l'entendait déjà lui dire, lors de possibles retrouvailles : « Mais enfin, Pierrot, c'était pour vous protéger. Mon Dieu que vous êtes susceptible. » Il aimait tant cet homme, qui le lui rendait avec maladresse. La voix du médecin l'arracha à sa tristesse. Pierre monta à l'avant du véhicule. Ils avaient le cœur serré. À Tel-Aviv, un avion-cargo les attendait sur la piste. Dans le bruit des réacteurs, ils regardaient le paysage s'éloigner. Tous étaient silencieux.

Onzième jour. Jeudi. 22 h 00.

Le professeur était debout face à la douzième porte.
— Plus question d'attendre, Maya, il faut franchir ce mur avant minuit, car, ensuite, chaque seconde pourra nous être fatale.

— Mais nous ne connaissons toujours pas le mot pour l'ouvrir.

— Il me faut retrouver mon rêve, au cœur de l'Épopée de Gilgamesh. Le mot de passe est dans la onzième tablette. Je vais plonger dans le sommeil. Vous, restez éveillée, et sortez-moi de là dans une demi-heure si je dors encore.

Claude se concentra, son souffle ralentit, doucement il s'endormit.

Lorsqu'il rejoignit l'âme de Gilgamesh, Ut-Napishtim, l'ancêtre de Noé, vint à sa rencontre. Il était le seul à avoir survécu au Déluge et conquis l'éternité. Il lui confia le secret des dieux :

Gilgamesh, je vais te révéler la chose cachée,
Bien qu'elle ne soit réservée qu'aux divinités,
Je vais te la dire.
Megiddo est une ville si ancienne
Que ces Âmes immortelles y séjournaient.
C'est là qu'Enlil provoqua le Déluge.
Le prince Ea fit avec lui un serment
Mais comme il était proche des hommes
Il vint me parler à travers la haie de roseaux.

Fais attention. Démolis ta maison.
Construis une embarcation.

Laisse derrière toi tes richesses
Renonce aux possessions.
Cherche la vie. Sauve tes frères.

Friedmann demanda la suite du récit, espérant y trouver le sésame.

Quand montèrent les premières lueurs de l'aube
Un nuage sombre déchira l'horizon.
Le lourd silence des dieux advint sous la voûte céleste
Et changea en ténèbres toute clarté.
Puis les assises terrestres se brisèrent, tel un vase.
Durant une journée, l'ouragan se déchaîna
Terrible et destructeur.
Le Déluge envahit toute chose.
Sa violence emporta tout dans ce cataclysme.
Alors les dieux saisis d'épouvante
Rejoignirent le ciel.
Durant six jours et sept nuits le vent persista.
L'ouragan engloutit la terre.
Puis au septième, tout redevint calme.
Plus un souffle. Pas un bruit.
Mais les mortels figés dans la terreur
Étaient devenus des statues d'argile.

Le professeur sentait qu'il approchait du but.

Cherchant dans sa mémoire un souvenir précis de l'épopée, il demanda au survivant :

— Ut-Napishtim, n'y eut-il pas à ce moment un sacrifice ou une offrande ?

Je déposai au sommet de la montagne
Douze récipients remplis de myrte.
Les dieux attirés par cette odeur
Se pressèrent telles des mouches
Pour sentir son parfum.

Voilà, se dit Claude, ce qui transforme les dieux en insectes. Le myrte. Il faut que je me réveille, que je garde ce mot présent à l'esprit.

Maya l'entendit gémir. Elle le saisit par les épaules.

— Claude, je suis là, dites-moi le mot.

Il se frotta le visage.

— C'est une consonance parfumée… attendez… Myrte. Voilà, c'est ça. Nous devons prononcer ensemble les lettres hébraïques qui le composent.

— Mem, Yod, Reich, Teh.

La porte s'ouvrit. Ils pénétrèrent prudemment dans le dernier tombeau. La lueur de leur torche éclaira la stèle. Une sculpture de gisant y reposait, entourée d'écritures hébraïques.

Maya s'approcha pour caresser ce visage d'albâtre. Elle regarda le professeur et murmura :

— Le tombeau de Josias. Mon Dieu. C'est le tombeau de Josias.

Le roi de Judée reposait là. Elle avait vu juste. Il n'avait pas été transporté à Jérusalem. La promesse faite par Yahvé était destinée à égarer ceux qui auraient voulu le profaner.

Friedmann la regarda et dit :

— C'est incroyable. Maya, vous aviez raison. Sa tombe secrète est bien ici, à Megiddo.

Ils cherchèrent une cache, un creux dans les murs d'enceinte. Mais il n'y avait rien. Ils s'agenouillèrent, scrutant la stèle du gisant. Claude passa sa main sur le marbre et sentit une butée. Il appuya sur l'encoche. Un clou d'argile entièrement gravé d'inscriptions apparut. Le professeur le décrypta.

— Ce texte indique qu'il y a à l'intérieur du caveau des tablettes réservées aux initiés.

— Comment l'ouvrir, Claude ?

Il connaissait ces agencement funéraires, en ayant étudié certains en Irak. Il glissa ses doigts dans l'orifice conique où se trouvait le clou, exerça une pression sur le côté. La base de la stèle s'ouvrit, tel un tiroir secret. Dans cette cavité reposaient douze tables d'argile. La première était brisée.

— Regardez. Elle correspond au fragment trouvé par Finkelstein.

En parcourant ces lignes, il devenait de plus en plus fiévreux.

— Qu'y a-t-il ? Ça ne va pas ? demanda Maya.

— Si vous saviez ce que je tiens dans les mains.

— Claude, parlez, je vous en supplie.

— Ce n'est pas pensable. Ce n'est ni plus ni moins que le contrat de commande de la Bible.

— Attendez, Claude, vous continuez de rêver. C'est impossible, vous interprétez. Le contrat ne peut avoir été établi de façon aussi explicite.

— C'est pourtant clair. Regardez.

Maya commença à déchiffrer le texte.

— Mais vous avez raison !

— Oui, cela dépasse tout ce que nous pouvions imaginer. Ce n'est pas Josias qui a passé la commande. Ce sont les scribes eux-mêmes.

— Claude, je ne comprends plus.

— Les scribes chaldéens l'avaient déjà rédigée, puis ils passèrent un accord avec Josias afin qu'il se proclame commanditaire de leurs écrits.

Des bruits, des craquements vinrent des murs. Les trois parois de la chambre pivotèrent, faisant apparaître une surface gigantesque. Des silhouettes, les unes derrière les autres, avançaient vers eux. Elles formèrent un cercle autour du tombeau. Claude et Maya se regardaient, incrédules. Le professeur s'adressa à l'un d'eux :

— C'est vous ?

— Et vous, Jonathan ? ajouta Maya.

— Et tous les autres, répondit Mansour. Vous êtes arrivés au bout de votre chemin. Nous sommes venus vous offrir une dernière chance. Cette découverte est le secret dont nous sommes gardiens. Il fut placé dans ce lieu afin que personne, jamais, n'en ait connaissance. Vous avez transgressé l'interdit suprême. Partez, ou nous ne pourrons plus intercéder en votre faveur.

— Intercéder ? Mais auprès de qui ? demanda Friedmann.

— De ceux à qui vous avez consacré votre science, professeur, auprès des dieux.

— Que devons-nous faire ?

— Nous remettre les tables du Contrat.

Claude savait qu'ils conserveraient ces écrits comme dans une tombe. Le secret serait protégé pour les siècles à venir. À quoi bon le révéler au monde et remettre en cause tous les fondements religieux ? Pourquoi provoquer de nouvelles déchirures, de nouveaux conflits, faire encore couler le sang ? Ils leur tendirent, un à un, les morceaux d'argile. Les kabbalistes s'inclinèrent, les laissant seuls. Alors les murs se refermèrent derrière eux.

Onzième jour. Jeudi. 23 h 50.

— Vous voyez, Maya, ils détiennent tous les secrets, et bien d'autres encore. Ils sont plus puissants que nous ne pouvions l'imaginer. En tout cas, ils ont eu ce qu'ils voulaient et ils nous ont abandonnés. Cette fois-ci, nous sommes complètement seuls. Enfin, pas tout à fait.

— Claude, je sens des ombres, mais je n'arrive pas à les distinguer.

— Vous ne les verrez pas, mais ils sont présents dans cette pièce. Il faut leur parler.

— Je sais que vous êtes venus pour assister à notre dernière heure, dit-il d'une voix forte.

Le sol trembla, se fissura.

— Regardez, Maya, ils se manifestent. Il faut continuer le dialogue.

— Claude ! Attendez !

— Attendre quoi ? Nous sommes perdus, destinés

à leur offrir le moyen de rétablir leur règne.

— Vous avez raison. Essayons. Nous n'avons plus rien à perdre.

Le professeur reprit par ces mots :

— J'ai parlé à Ut-Napishtim. Il m'a dit qu'Enlil avait décidé, sans vous prévenir, de punir les hommes de s'être détournés de vous, provoquant ainsi un nouveau Déluge. Mais il a trahi sa promesse, et m'a révélé comment survivre à ce cataclysme.

Lorsqu'il eut terminé, un profond silence retomba sur eux. Puis un souffle, venu de loin, se fit entendre. Peu à peu, il se transforma en un vent chaud, violent, tourbillonnant.

Ils se protégeaient le visage de leurs mains. Des mots, des phrases, des cris de terreur résonnaient dans cette tempête. Maya tomba sur le sol et hurla :

— Claude ! Claude !

Le professeur, de toutes ses forces, la serra dans ses bras. À cet instant, une déflagration résonna au-dessus de leur tête. La poussière, les cailloux transpercèrent le plafond. À la hâte, ils essayèrent de passer dans une brèche qui s'était ouverte sur le ciel étoilé. Mais le sol se fendit davantage et des torrents d'eau commencèrent à monter. Le sanctuaire s'enfonçait dans les flots.

Maya s'accrocha à Friedmann et ils nagèrent jusqu'au radeau. Il l'aida, puis, à son tour, se hissa sur l'embarcation. Ils s'attachèrent à l'aide de cordages. Une seconde secousse, encore plus violente, se fit sentir à la surface de l'eau.

Leur découverte disparaissait dans l'onde aux reflets d'onyx. Puis tout fut englouti. L'eau redevint lisse. Claude et Maya avançaient vers la rive, sur des rondins de bois. Il murmura :

— Ne vous retournez pas.

Douzième jour. Vendredi. 19 h 10.

Dans l'avion qui les ramenait vers Londres, Maya avait posé la tête sur l'épaule du professeur, qui lisait les journaux. Les titres, en première page, relataient l'attentat perpétré contre le site. Une tonne d'explosif avait détruit un sanctuaire du VIIe siècle avant J.-C., provoquant un glissement de terrain qui avait emporté les ruines dans le vaste bassin sur lequel il avait été construit.

L'action était revendiquée par un groupe se faisant appeler les Fondamentalistes. Ils avaient envoyé une dépêche pour la justifier. Selon eux, il fallait détruire ce lieu dont la profanation avait déclenché une malédiction ayant déjà fait de nombreuses victimes. Ces hommes prétendaient agir pour sauvegarder le processus de paix, et avoir prévenu les autorités afin qu'il n'y eût que des dégâts matériels.

Le professeur Friedmann regardait les articles, les uns après les autres, tandis que Maya restait les yeux mi-clos.

— C'est allé si vite, Claude, j'ai l'impression de sortir d'un cauchemar. Que s'est-il passé ? Tout se brouille dans ma tête.

— Ils ont échoué. C'est tout. Ils ont essayé de resurgir après deux millénaires d'oubli. Mais leur orgueil a été plus fort. Leurs incessantes disputes les empêchent de gouverner à nouveau. Les dieux sont retournés dans leur monde.

— Alors ils ont disparu ?

— Non. Ils sont toujours là. Dans un univers séparé du nôtre par cette masse d'eau qui est leur territoire. Nous les retrouverons parfois dans nos rêves.

— Les lettres qu'ils formaient avec les corps de leurs victimes n'étaient-elles donc que le fruit de notre imagination ?

— Comment le savoir, Maya ? Désormais, on ne pourra plus jamais le vérifier. Nous devons faire le deuil de nos certitudes. Vos yeux se ferment. Dormez. Reprenez des forces. Notre arrivée à

Londres risque de ne pas être de tout repos.

Maya se blottit contre lui. Claude aurait dû se sentir soulagé, mais l'avion traversait une zone de turbulences. Les secousses de la cabine l'angoissaient. Ce serait ridicule, pensa-t-il, qu'il s'écrase. Une hôtesse passa près d'eux. Il commanda un bourbon.

La voix du steward annonça le début de la descente. Il pleuvait sur Londres. La température était de seize degrés. Le professeur se détendit.

Douzième jour. Vendredi. 19 h 40.

Pierre était là. En les apercevant, son beau visage s'éclaira. Les retrouvailles furent chaleureuses et tendres. Ils prirent un taxi pour rejoindre le reste de l'équipe à l'hôtel Bedford, où une conférence de presse devait se tenir dans la soirée.

Pierre parlait presque normalement. De temps à autre, il hésitait sur certains mots, mais il n'y avait plus de blancs ni de ratés.

— Je suis content que vous alliez mieux, mon Pierrot.

— Ce n'est pas encore tout à fait ça. Je préférerais ne pas avoir à intervenir devant les journalistes.

— Ne vous en faites pas. Je m'en sortirai. Et

puis Maya est là.

— Vous savez, reprit leur ami, ils sont épouvantables. Depuis mon retour, je subis un harcèlement permanent. Ils veulent tout savoir, ils ne comprennent rien. J'ai organisé cette conférence de presse, sinon demain on aurait eu n'importe quoi.

— Vous avez très bien fait. Comme toujours.

Friedmann le prit par l'épaule et le serra affectueusement.

— Il faudra que vous me racontiez, lui dit Pierre, quand vous aurez récupéré. Ça a dû être incroyable…

— Vous savez, je crois que nous avons eu beaucoup de chance.

En même temps qu'il prononçait ces mots, le professeur regardait par la vitre. Les voitures roulaient sur le périphérique. Il détestait tout ce que le monde moderne avait créé. Il n'aimait que la solitude des déserts et les vestiges du passé. Le taxi s'arrêta devant la porte de l'hôtel.

Des photographes entourèrent la voiture, se précipitant à leur rencontre, les appelant par leurs prénoms.

— Claude ! Claude ! Ici ! Maya ! Regardez !

Les flashes les aveuglaient. Le professeur était furieux. Il tira Maya par la manche, et s'engouffra avec elle dans le hall.

Douzième jour. Vendredi. 23 h 50.

Après avoir dîné tous ensemble dans le restaurant de l'hôtel, ils suivirent une femme qui les conduisit dans la salle de presse. L'ambiance était survoltée.

Un conservateur du département des antiquités du British Museum les présenta. Les questions venaient de toutes parts.

Un journaliste français commença :

— Professeur Friedmann, après la mort tragique d'Olivia de Lambert, qui enquêtait à Megiddo sur les nouvelles formes de terrorisme, certains semblent avoir établi un lien entre les victimes de ces douze derniers jours et vos recherches. Pouvez-vous nous en dire davantage sur ce que la presse a baptisé : « la malédiction de Megiddo » ?

— Cher monsieur, vous l'avez mentionné dans votre question, ce sont les médias qui l'ont nommée ainsi. Pour ma part, lorsque j'analyse la liste des morts, publiée çà et là, je n'y vois que des causes fortuites. Il y a eu des décès naturels, d'autres par accidents, certains dus à des actions criminelles. Le fait qu'ils aient eu lieu au cours de ces douze derniers jours ne me semble pas significatif. Il y a quotidiennement des milliers de disparitions. En tout cas, croyez-moi, rien ne permet d'établir un rapport entre nos travaux et ces événements.

Un reporter anglais leva la main.

— Cependant, des messages de menace ont été reçus sur des téléphones portables, annonçant aux victimes le nombre de jours qu'il leur restait à vivre.

— Effectivement, enchaîna le professeur, mais tout semble démontrer qu'ils émanaient de divers groupes activistes se réclamant des Fondamentalistes. Je n'en ai pas la preuve, mais je suis convaincu qu'il n'y a pas de réelle organisation derrière cela. Nous avons subi une campagne de désinformation, orchestrée par un groupuscule qui a pris ce nom ensuite repris par d'autres mouvements, comme il en existe d'innombrables. J'ai moi-même reçu un tel message, ainsi que certains de mes collaborateurs ici présents. Ce vendredi était censé être notre dernier jour, mais comme vous pouvez le constater, nous sommes sains et saufs.

Une journaliste espagnole demanda la parole.

— Parmi les causes qu'on a données à ces curieux phénomènes, figure la profanation de la tombe du roi Josias. Vous auriez découvert que la Bible fut un travail de commande, reconstituant une histoire de fiction pure à propos du peuple élu. Que pouvez-vous nous dire à ce sujet ?

— Chère madame, cette découverte n'existe que

dans l'imaginaire des journalistes. Le sanctuaire qu'une explosion criminelle a dévasté est d'origine chaldéenne. Il fut érigé pour rendre un culte aux dieux de cette civilisation. Vous le savez, cette cité est très ancienne. On y a trouvé une succession de vestiges superposés, tant égyptiens, sumériens que cananéens. Son emplacement au carrefour de puissances militaires et commerciales qui avaient dominé cette région en explique les richesses archéologiques. Pour ce qui est des origines du Texte sacré, référez-vous aux travaux menés par d'éminents confrères. Ce n'est pas mon domaine de prédilection. Je puis, en revanche, vous confirmer que ce sanctuaire était un vestige capital pour la compréhension des croyances chaldéennes, et que sa destruction est une perte irréparable pour notre discipline.

La voix de John Cinghart se fit entendre :

— Bonsoir, professeur. Lorsque je vous ai rencontré pour mon enquête sur la malédiction de Megiddo, un membre de l'école kabbaliste proche du site venait de trouver la mort, renversé par une de vos voitures. Que savez-vous de cette école ? Et des raisons de son implantation à cet endroit ?

— Je reconnais bien dans votre question, monsieur, le style que j'ai pu tant apprécier dans l'article que vous nous avez consacré. L'enquête en cours devrait confirmer ce que nous pensons. La mort de cet homme est un regrettable accident. Quant à l'école kabbaliste, il s'agit d'un institut de recherche et d'enseignement comme il en existe beaucoup. La kabbale est une approche philosophique et mystique des textes sacrés, elle suscite depuis des siècles un immense intérêt et connaît aujourd'hui un véritable engouement, en particulier dans votre pays, cher monsieur Cinghart. Il n'est pas surprenant que les plus respectables aient voulu s'installer dans ce lieu, se rapprochant ainsi de leurs racines. Ce sont des savants désintéressés, qui ont le courage de poursuivre leur quête de la vérité, dans un monde livré à des marchands de mensonges et d'illusions.

Il y eut des mouvements dans la salle. Pierre regarda Claude et lui fit signe de se calmer. Mais il enchaîna :

— Je suis conscient de la difficulté, de l'importance de votre métier. Je souhaite ici rendre hommage à Olivia de Lambert et Cyril Abanassiev. En menant jusqu'au bout leurs investigations, ils ont tenté d'apporter ce dont nous avons le plus besoin, la vérité. C'est entre nous un point commun.

Cinghart l'interrompit :

— Vous n'avez pas répondu à ma question.

— Il ne s'agissait pas d'une question, monsieur, mais plutôt d'une inférence. Cette méthode permet, dans une théorie, de conclure directement à la vérité d'une proposition à partir d'une hypothèse. Vous l'avez utilisée dans votre article et vous continuez ici. Vous avez, sur cette affaire, un point de vue, n'est-ce pas ? Eh bien, c'est à mon tour de vous interroger. D'où vous vient cette conviction ? Qui vous a mis ces idées en tête ? Ne serait-ce pas la campagne de désinformation entourant nos fouilles, menée par un membre de l'ambassade des États-Unis ? Vous avez été constamment en relation avec ce diplomate, qui, d'ailleurs, a mystérieusement disparu. Nombreux sont ceux qui pensent que vos articles ont été soufflés par lui.

La rumeur enflait. Les journalistes se regardaient. Plusieurs levèrent la main, lorsqu'une voix s'éleva :

— Professeur Friedmann, qui vous a raconté cela ? Je n'ai jamais disparu.

Une longue silhouette se déplia au fond de la salle.

— Ce que vous dites est faux. Je ne connais pas ce monsieur. Effectivement, je travaille à l'ambassade de Tel-Aviv. Vous ne m'avez pas vu ? J'étais dans le même vol que vous.

Maya, sous la table, serrait de toutes ses forces la main de Claude.

— Ma question s'adresse à vous, mademoiselle Spencer. Vous êtes l'assistante du professeur depuis plusieurs années. Comme chacun de nous, vous venez d'entendre ses réponses… Mais il est bien tard. Regardez votre montre. Allons, vous n'avez pas bougé les aiguilles du cadran ? Nous ne sommes plus à Megiddo. À Londres, il est trois heures de moins. À propos, quel jour sommes-nous ?